AF391117

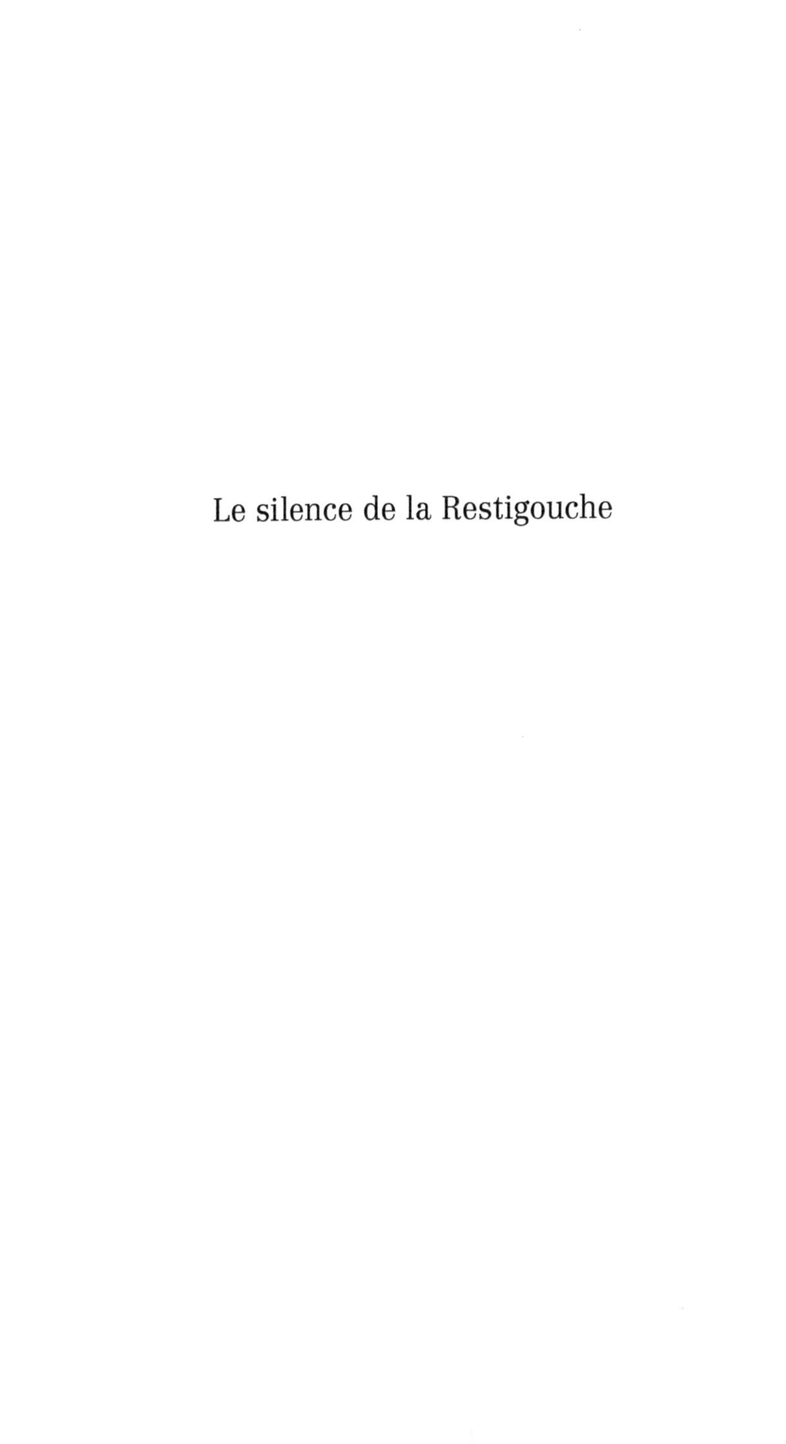

Le silence de la Restigouche

De la même auteure

Celle qui reste
Ottawa, Éditions David, 2011.

Dans la tourmente afghane
Ottawa, Éditions David, 2009.

Ariane. L'éclaboussure
Lévis, Éditions de la Francophonie, 2007.

Sous le même soleil
Lévis, Éditions de la Francophonie, 2006.
Prix France-Acadie 2007.

Jocelyne Mallet-Parent

Le silence de la Restigouche

ROMAN

David

Catalogage avant publication de Bibliothèque et Archives Canada

Mallet-Parent, Jocelyne, 1951-, auteur
    Le silence de Restigouche / Jocelyne Mallet-Parent.

Publié en formats imprimé (s) et électronique (s).
ISBN 978-2-89597-426-0 (couverture souple). —
ISBN 978-2-89597-458-1 (pdf). — ISBN 978-2-89597-459-8 (epub)

    I. Titre.

PS8626.A4525S55 2014   C843'.6   C2014-901186-5
                                     C2014-901187-3

Les Éditions David remercient le Conseil des Arts du Canada,
le Secteur franco-ontarien du Conseil des arts de l'Ontario,
la Ville d'Ottawa et le gouvernement du Canada par l'entremise
du Fonds du livre du Canada.

Les Éditions David   Téléphone : 613-830-3336
335-B, rue Cumberland   Télécopieur : 613-830-2819
Ottawa (Ontario) K1N 7J3   info@editionsdavid.com
www.editionsdavid.com

Tous droits réservés. Imprimé au Canada.
Dépôt légal (Québec et Ottawa), 2e trimestre 2014

Pour Jean-Yves,
pour l'amitié
et les traces indélébiles
qu'elle laisse sur nos vies.

Celui qui marche dans
les pas d'autrui ne laisse pas
ses propres traces.

Diderot

Si l'essentiel se pêchait à la
mouche, la sagesse mordrait-
elle plus vite à l'hameçon ?

Marcel Marie Leblanc

Toute ressemblance avec des personnes existantes
ou ayant existé ne serait que pure coïncidence.

Avant-propos

Il existe, entre le nord du Nouveau-Brunswick et la rive sud de la péninsule gaspésienne, au Québec, une rivière mythique, la Restigouche.

Tout près, du côté québécois, une autre rivière coule paisiblement dans une vallée giboyeuse, la Matapédia.

Et là, tout près de l'endroit où la Restigouche et la Matapédia se rencontrent, deux peuples, les Autochtones et les Blancs, se côtoient depuis des lustres et partagent leur destinée avec le saumon de l'Atlantique.

C'est dans les eaux douces de ces deux rivières que naissent, en effet, chaque année, un grand nombre d'alevins issus du saumon de l'Atlantique. À ces mêmes endroits qui les ont vus naître, les saumons reviennent frayer des années plus tard, une fois accompli leur long périple en eau salée qui les mène parfois aussi loin qu'au Groenland, à une distance de plus de 4 000 kilomètres.

Tout le long de la Restigouche et de la Matapédia, de nombreuses fosses retiennent temporairement les saumons. Chacune d'elles porte un nom distinct et possède ses particularités topographiques. La saison venue, des centaines de pêcheurs à la mouche, tant des environs que du monde entier, s'y donnent rendez-vous.

Depuis toujours, cette pêche soulève bien des passions où figurent les fameuses mouches, leurres multicolores servant à attirer le saumon et conçus avec des matériaux bien spécifiques, soit poils de cerfs, de lièvres, d'écureuils, soit plumes de canards, de faisans, de coqs ou matières synthétiques. La fabrication des mouches constitue un art en soi et ceux qui s'y adonnent doivent faire preuve à la fois d'habileté et de créativité.

C'est aussi au cœur de ces deux rivières, dans l'ombre du secret, que se sont scellés les destins de Billy, Lester et Simon Vicaire.

SIMON ET BILLY

Tout s'était passé très vite.

En moins d'une seconde, Simon s'était retrouvé plaqué au sol, prisonnier du poids de son assaillant. La lèvre inférieure fendue, le goût amer du sang dans sa bouche, la poitrine comprimée, cherchant désespérément l'oxygène.

Pendant quelques instants, les deux corps fusionnés ont exécuté une étrange chorégraphie. Bras et jambes entrelacés, mains et doigts enchevêtrés, on les aurait crus soudés l'un à l'autre. Simon sentait l'haleine de l'ennemi dans son cou. Désagréable sensation d'intimité. Puis, il l'entendit lui cracher à l'oreille :

« Isabelle n'est pas pour un Sauvage... *leave her alone !* »

Petite phrase assassine qui martela ses tympans comme un roulement de tambour.

Sauvage !

Plus que les coups, c'est ce mot injurieux qui fit encore plus mal à Simon. Un coup de poignard en plein milieu de son orgueil ! Puis, le coude de l'Anglais lui perça les côtes. Deux fois, trois fois. Pour que les mots tranchants traversent sa cage thoracique, atteignent l'organe vital, tuent sur-le-champ son désir croissant pour cette fille.

Isabelle !

Dans un effort suprême pour s'arracher de sa fâcheuse position, Simon contracta ses muscles au maximum, voûta sa colonne vertébrale comme un arc. Puis, dans un rapide mouvement du corps, il se ramassa sur lui-même, pivota brusquement sur le côté se délestant du coup de sa carapace humaine.

Le moment était mal choisi pour riposter. Et répondre à la violence par la violence, ce n'était pas la solution non plus. Son grand-père Billy avait mis des années à lui enseigner ce principe. Pas question d'en déroger.

Simon décida d'encaisser l'insulte.

Pour l'instant du moins. Mais ce n'était que partie remise. Avant de se relever, il prit le temps de fixer son adversaire dans les yeux.

Un regard de défi, de confrontation.

« *Mat'ntultimk na*[1] ! »

---

1. La guerre est déclarée, en langue mi'gmaque.

1

Fosse Milnikek
Mouche Undertaker

Simon lança sa ligne à l'eau. Du coin de l'œil, Billy supervisait.

La soie se déroula sur une longueur respectable pour un si petit bras et elle s'étala sur l'eau comme un long spaghetti. La mouche tomba à l'endroit visé et se mit à danser sur la rivière.

Il était doué le petit. L'aïeul en sourit d'aise.

Le garçon avait à peine cinq ans. Son grand-père, lui, avait toujours refusé de comptabiliser son temps en jours, en semaines ou en années. « Une vie, ça se mesure en événements importants, qu'il disait. Un mariage, trois naissances, le décès de quelques proches... Et déjà que la vie passe assez vite sans qu'on se mette à la compartimenter. »

Un soleil rouge et rond comme un ballon de plage se pointa à l'horizon. Le vent était inexistant. L'heure parfaite pour une leçon de pêche à la mouche. D'autant plus que la *Milnikek* était reconnue pour abriter quelques-uns des plus gros saumons de la rivière.

Cet automne, Simon fréquenterait la maternelle.

Déjà !

Et sa mère qui tenait à ce qu'il fréquente l'école des Blancs. De l'autre côté de la rivière. Billy n'avait rien contre cette école. Ce qu'il craignait, c'est que son petit-fils y prenne un peu trop vite connaissance de sa différence. Sans ménagement, on lui cracherait sûrement au visage sa véritable identité. On l'affublerait de quolibets, on le tiendrait à l'écart. Et il y aurait sûrement quelqu'un pour le traiter carrément de sauvage.

Le temps pressait. D'ici la fin de l'été, Billy devait préparer Simon à toutes ces éventualités. Son plus grand souhait était de réussir à transmettre à son petit-fils les moindres secrets menant à la sagesse et à la détermination. « Si au moins l'essentiel pouvait se pêcher à la mouche », songeait Billy.

À défaut de sagesse venant mordre à l'hameçon, c'est un saumoneau argenté qui vint effleurer l'*Undertaker* à petits coups saccadés de mandibule. Simon s'émerveilla de la chose et éclata d'un rire cristallin qui résonna comme des clochettes dans l'air vivifiant de ce matin tout neuf.

*   *
*

De nombreuses journées semblables avaient meublé l'enfance de Simon. Une autre phase de sa vie s'annonçait plus complexe.

Mais Billy était là.

Et il entendait bien veiller au grain.

2

Isabelle Bouchard.

C'est vrai qu'elle était belle.

Lumineuse comme une aurore boréale.

« Regarde les outardes », qu'il lui avait dit. Sans même quitter le ciel des yeux.

Trois mots. Trois simples mots sans grande importance. C'est tout ce que Simon avait trouvé à dire, totalement décontenancé qu'il était par la soudaine apparition d'Isabelle à ses côtés.

La journée avait pourtant bien commencé. Une de ces journées multicolores comme on en voit seulement en octobre dans le pays de Simon. Le soleil s'était illuminé d'un trait, comme si quelqu'un en eût allumé la mèche. Du coup, la montagne s'était embrasée d'ocre, d'orangé, de rouge. Et le soleil avait continué à briller de plus belle jusqu'à ce moment précis où la cloche vint sonner la fin des cours.

Simon se précipita vers la sortie, le terrain de football droit dans sa mire.

À l'horizon, quelques amoncellements nuageux faisaient leur apparition. Même si les feuilles racornies des arbres et le fond de l'air déjà frisquet laissaient présager l'arrivée prochaine de l'automne, c'est du haut du ciel que se pointa toutefois le signe le plus évident du changement de saison. Un automne qui clamait son arrivée à grands coups de trompettes.

Simon reconnut ce bruit inusité, cette étrange cacophonie qui dégringolait du ciel. Stoppé dans son élan, il délaissa son vélo, enleva son sac à dos et leva les yeux pour voir d'où venait ce bruit insolite

Rien.

Il ne voyait rien.

N'entendait que leur son distinctif.

Un cancanage d'enfer camouflé sous une mousse de nuages qui venaient de poindre à l'horizon.

Et là, plus loin, au beau milieu d'une grande éclaircie qui dégageait le ciel de ses mouchetures, il les aperçut enfin : une grande volée d'outardes qui fendait le ciel d'est en ouest.

Simon se cabra pour mieux admirer cette majestueuse formation qui dessinait dans le firmament un long V, couleur de fer. Méthodiquement tracé. Tranchant sur le bleu timide de ce ciel de fin d'après-midi. Entre chaque oiseau géant, un espace précis, comme mesuré à la règle. Simon savait que les outardes adoptaient cette position de vol pour que chaque oiseau puisse offrir une protection au suivant. Une tactique qui leur permettait de dépenser moins d'énergie, chaque outarde profitant des turbulences que produisaient les ailes des précédentes.

La bande migratrice disparut quelques instants pour mieux réapparaître de l'autre côté de l'école.

Simon restait immobile.

Figé.

Totalement subjugué par le spectacle.

Cet engouement particulier pour les outardes, il l'avait reçu en héritage. Un legs de son grand-père paternel. En vérité, Simon partageait avec son grand-père un amour inconditionnel pour tout ce qui touchait de près ou de loin à la nature.

Pluie, vent, neige.

Soleil, lune et nuages.

Monts, lacs ou rivières.

Chasse à l'orignal, pêche à la truite, piégeage des loutres et des castors.

Pour Billy, tous les éléments de la nature devenaient prétextes à un enseignement.

Le vent, porteur d'une odeur suave, ramena Simon sur terre.

Bien avant qu'elle n'arrive à ses côtés, il avait reconnu le subtil parfum de sa peau. Sans quitter des yeux le ciel, il lui tint un bien étrange discours.

– Est-ce que les outardes s'accouplent avec les oies blanches ? Crois-tu cela possible ?

– Je... je n'sais pas. Jamais je m'suis posé pareille question.

– Mon grand-père, il dit que non. C'est comme les loups avec les chiens. Ils ne le font pas à ce qu'il dit.

– Ah bon !

Isabelle avait détourné son regard de lui, cherchant à identifier ce qu'il pouvait bien observer qui puisse lui inspirer un propos si étonnant. Apercevant les outardes, elle s'était à son tour mise à admirer l'étrange ballet au-dessus de leur tête.

Elles évoluaient en rangs serrés. L'oiseau de tête, les pattes blotties sous le ventre, le cou et le bec tendus en un angle bien droit, semblait se mouvoir sans effort aucun, entraînant dans un incompréhensible magnétisme toute la bande à sa suite.

– Le savais-tu que l'outarde est l'un des animaux les plus bavards de la terre après l'être humain ?

– Je l'ignorais.

– Crois-le ou non, il paraît que les oisons commencent à communiquer avec leurs parents avant même d'être sortis de l'œuf. Billy dit qu'une fois nés, les petits répondent par différents cris aux sons lancés par leurs parents.

– Billy ?

Le regard d'Isabelle se déplaçait en un rapide va-et-vient, alternant entre le visage de Simon et le vol des outardes.

– C'est mon grand-père. Il m'a aussi appris que ces grands oiseaux émettent jusqu'à treize cris différents, poursuivit Simon. Ils émettent des sons pour saluer, avertir ou encore pour signifier leur satisfaction.

– C'est absolument fascinant ! s'exclama Isabelle.

Cacardant en un chœur soutenu, les outardes captèrent pendant un long moment leur attention. Lorsqu'Isabelle baissa enfin les yeux, le vélo de Simon filait déjà vers le terrain de football.

Il y avait un moment déjà que Simon la fascinait. Un instant, elle le regarda aller. Simon moulinait à s'en fendre les mollets. Une seule chose en tête. S'éloigner le plus loin possible de cette fille dont la seule présence réussissait à le troubler si profondément. À plusieurs occasions, son regard avait croisé le sien. Au détour d'un corridor, à la porte de la bibliothèque, au sortir de l'école, ses grands yeux noirs s'arrêtaient par moments dans ses yeux à elle, beaucoup plus clairs et limpides.

De son côté, Isabelle le trouvait mystérieux. Intrigant, même. Assurément différent. Un des seuls garçons de l'école, d'ailleurs, à ne pas s'extasier béatement devant la blondeur naturelle de sa chevelure, devant son regard azur et sa silhouette filiforme.

Isabelle arpenta nerveusement les gradins, s'installa à la meilleure place pour ne pas le perdre de vue une autre fois. N'ayant d'yeux que pour Simon, elle ne remarqua pas le regard acerbe de son petit ami, Gordon Brown, qui venait de faire son entrée sur le terrain. Le match d'aujourd'hui était important. Les finales étaient amorcées. Chacun des deux camps entendait bien remporter la partie.

Simon passa rapidement à l'attaque. À peine le quart-arrière eut-il effectué une passe dans sa direction que son cerveau s'activa comme un ordinateur. Le temps d'un clic, il analysa la distance jusqu'à la ligne des buts et évalua la trajectoire à franchir pour y arriver.

Et voilà ! C'était parti !

Déjouant l'attention de ses adversaires, Simon changea soudainement de direction. Toujours avec la même tactique qui le caractérisait d'ailleurs si bien : la vitesse. Ce n'était pas pour rien que ses coéquipiers le surnommaient *La Flèche.*

Filant à vive allure, le ballon bien serré contre son corps, Simon se mouvait en faisant des bonds élastiques. Il se dirigeait à toute vitesse vers la zone des buts et s'apprêtait à marquer le point gagnant lorsque Gordon Brown bondit devant lui. Le torse bombé comme un félin à l'assaut. À peine eut-il le temps d'entrevoir son adversaire s'élancer dans sa direction qu'il fut agrippé au passage et violemment plaqué au sol à la ligne des cinq verges. La bouche de Gordon s'est alors approchée de l'oreille de Simon :

– Isabelle n'est pas pour un Sauvage. Je te préviens. *Leave her alone…* ou tu auras affaire à moi.

Simon fulminait, mais il ne laissa rien paraître. Ce n'était ni le lieu ni le moment d'effectuer un geste qu'il pourrait regretter par la suite. Il se souvint des paroles de son grand-père.

« Ne laisse jamais un adversaire décider des actions que tu dois faire. Tu sais, Simon, le regard, les gestes, les mots ont beaucoup plus de poids que les coups. »

« Mais que voudrais-tu que je fasse ? Je ne suis quand même pas pour rester éternellement les bras croisés, répondait Simon. Ils m'ont insulté. Ils nous ont tous insultés. Toi, moi, tous ceux de notre race. Rien que parce qu'on est différent. Il faudra bien que je me défende un jour… Que je nous défende. »

En vieux sage qu'il était, Billy restait calme.

« Tu as en toi tout le potentiel pour imposer le respect. En cas de doute, cherche. Cherche bien. Tu finiras par trouver le geste qu'il convient de poser. Et surtout, tu décideras toi-même du moment idéal où exécuter ton geste. »

« Oui, mais… »

Devant le caractère fougueux de Simon, Billy devait parfois reprendre la leçon.

« Souviens-toi de ce que je t'ai enseigné à la chasse à la perdrix. Toujours prendre le temps qu'il faut pour bien débusquer son gibier. À le surprendre au moment propice, on risque fort de le ramener dans sa besace. »

Parfois, Simon cherchait longtemps avant de trouver.

Toujours, Billy était là pour le conseiller.

« Sauvage ! »

Le mot lui brûlait encore les tempes. Simon avait encaissé l'insulte qui lui ramenait en mémoire ses premières années d'école. Un des seuls Amérindiens à fréquenter l'école des Blancs. Il en avait bavé et l'intimidation, il l'avait connue. Surnoms, humiliations, bousculades, coups violents, toutes ces marques de rejet étaient monnaie courante dans la cour de récréation. Chaque fois, il endurait les coups en serrant les dents.

À grande force de volonté, il résistait.

Simon Vicaire était de la nation mi'gmaque. À l'instar de son père Lester et de son grand-père Billy, il était fier de ses origines et le laissait savoir à qui voulait l'entendre.

Le jour où il constata l'ampleur de son potentiel physique, Simon Vicaire choisit de miser sur les sports pour se tracer un chemin vers la réussite. Il décida de prendre sa place, de s'imposer aux yeux des autres. Mettant ses habiletés et ses talents à profit, il s'était bâti une réputation qui lui avait valu, petit à petit, le respect. Il était devenu la fierté sportive de son école et bien peu de gens osaient encore proférer des insultes envers lui... ou envers quelqu'un de sa race.

Profitant de l'échauffourée, le meilleur buteur de l'autre équipe s'empara du ballon, effectua un solide botté droit dans les buts et assura ainsi la victoire aux Anglais, sous l'œil étonnamment absent de l'arbitre.

Ça sentait le coup monté à plein nez.

À peine entré dans le vestiaire, Simon eut droit aux propos acérés de Julien Bouchard – son coéquipier et frère d'Isabelle – qui ne cachait pas sa frustration devant la défaite. Parlant assez fort pour que tout le monde puisse l'entendre, Julien maugréa : « Il ne faudrait quand même pas se mettre à perdre nos parties pour une banale histoire de fille. » Puis, s'approchant de Simon, il lui siffla ces propos entre les dents :

– Tu sais bien que ma sœur sort avec Gordon. Dégage des alentours, bon Dieu !

– Isabelle n'appartient à personne, riposta Simon.

– Tu le connais, cet imbécile, il va te rendre la vie impossible si tu te mets en travers de son chemin. En bout de piste, on risque de perdre en finale. Et Isabelle… tu ne l'auras jamais ! Mets-toi bien ça dans la tête, *La Flèche*.

D'un regard de feu, Simon fixa son interlocuteur sans mot dire.

Julien Bouchard s'éloigna en bougonnant.

Tout cela augurait bien mal pour la fin de la saison. D'un côté, l'équipe de l'école de Simon affichait une confortable avance ; de l'autre, celle du High School faisait des pieds et des mains pour minimiser l'écart les séparant du trophée de fin de saison.

Le trophée que Simon voulait remporter à tout prix.

Par goût de la victoire, bien sûr, mais surtout parce qu'il avait besoin de la bourse d'études qui l'accompagnait et qu'on attribuait au joueur le plus utile de l'équipe. Cette somme pouvait s'avérer garante de son avenir. De l'avenir brillant dont sa mère et son grand-père rêvaient pour lui.

Simon Vicaire laça ses espadrilles et mit son casque de vélo avec une apparente désinvolture. Ce n'est qu'une fois dehors qu'il laissa la vapeur s'échapper.

Comme convenu, Isabelle attendait Gordon dans sa voiture – enfin celle que sa mère lui prêtait à l'occasion. Elle en voulait à Gordon de toujours essayer de l'empêcher de parler aux autres gars ; elle lui en voulait surtout de s'être attaqué à Simon Vicaire, plus particulièrement.

Pourquoi au juste ?

Elle l'ignorait. Mais ce qu'elle savait très bien, c'est que chaque fois que le regard de Simon croisait le sien, elle se sentait drôlement remuée. Et Gordon en était sûrement conscient.

Lorsqu'elle se retourna vers Simon, il avait encore une fois disparu. Balayant les alentours du regard, elle l'aperçut au détour de la rue. Les rayons de ses roues de vélo faisaient du feu. La chemise gonflée de vent, une trace de liberté se dessinant derrière lui. Simon ne pédalait pas, il volait. « *La Flèche*. Il porte bien son nom », sourit Isabelle.

Tout à côté, elle aperçut Gordon qui s'avançait dans sa direction, le torse bombé de fierté, un regard de vainqueur qui ne lui plut pas. Laissant Gordon en plan, Isabelle mit le moteur en marche et, comme entraînée par le même magnétisme qui habitait l'outarde de tête, elle tourna le volant dans la direction de Simon.

Qui était exactement Simon Vicaire ?

Où habitait-il ?

Qu'en était-il de ses proches, de sa famille ?

Sa voiture gravit rapidement la côte, passa sous le viaduc, longea le boulevard du Saumon et traversa le pont enjambant la rivière. À vive allure, elle filait dans l'ombre de Simon... jusqu'à ce que, le temps d'une simple distraction, l'inévitable se produise. Une toute petite inattention de sa part, un bref coup d'œil inopportun vers le ciel pour y admirer un nouveau ballet d'outardes qui se dessinait, et bang !

Le pare-chocs de la voiture d'Isabelle heurta le vélo de Simon.

Le corps chiffonné du jeune homme roula sur le capot, sa tête frappa violemment l'asphalte.

Isabelle entendit en rafale un son aigu d'égratignures de métal, le bruit plus sourd du casque martelant le pavé à coups répétitifs. Son cœur se mit à sauter des battements. S'arrêta une seconde et se remit à battre à une vitesse effrénée.

Simon gisait. Inerte.

Dix secondes, peut-être quinze s'écoulèrent... Rien de plus que le temps que ça prend pour trancher le fil d'une vie. Mais le fil reliant Simon à la vie se cabra net. Quelques instants seulement à vaciller dans l'inconscience avant qu'il ne reprenne connaissance.

C'est à l'hôpital, le lendemain, qu'Isabelle revit Simon.

— Des fleurs pour me faire pardonner !

— C'était ma faute, répliqua Simon. J'allais beaucoup trop vite et... j'étais distrait. Fâché de notre défaite...

— Non. C'est moi. J'ai eu un moment de distraction. Le cri des outardes... et j'ai quitté la route des yeux pour essayer de les apercevoir à nouveau.

— D'accord. On s'entend là-dessus, trancha Simon. C'est la faute des outardes. Mais on ne leur en veut pas vraiment, n'est-ce pas ?

– On leur pardonne… conclut Isabelle.

Elle avait apporté des graminées. De belles tiges boutonnées de rouge qui coloraient le marais à ce temps-ci de l'année. En vitesse, elles les avaient cueillies en se disant qu'elles ressemblaient à Simon. Si naturelles et si belles à la fois.

« J'ai pensé que tu préférerais celles-ci aux plantes achetées chez un fleuriste. »

– Tu as eu parfaitement raison.

Isabelle avait souri, illuminant la chambre de son aurore boréale. Et du même coup… le cœur de Simon.

Comme lui, Isabelle parla peu. Elle resta un moment à ses côtés sans qu'ils n'échangent de paroles. Sa seule présence, son odeur distincte entre toutes lui chaviraient l'esprit. Juste un regard, quelques petits mouvements du corps, un léger coup de tête déplaçant la fine frange dansant sur son front… Et voilà ! Simon venait de comprendre.

Comprendre qu'il pourrait aimer cette fille.

L'aimer vraiment.

L'aimer plus. Ou plutôt… l'aimer d'un amour différent de celui qu'il ressentait pour Meaghan.

La magie se brisa lorsque Lester et Pamela Vicaire arrivèrent en coup de vent dans l'encadrement de la porte.

Les Vicaire avaient deux fils : Louis, l'aîné qui rêvait d'avoir des ailes, était pilote en Afghanistan. Trois ans déjà qu'il parcourait les pays où le fusil était roi et où il pleuvait des bombes. Au grand désarroi de sa mère qui aurait préféré que son fils survole les cocotiers et les plages ensoleillées. Simon, de dix ans son cadet, rêvait plutôt de rendre à ses pareils leur fierté d'antan et l'intrépidité dont ils faisaient preuve du temps où ils chassaient l'ours et le caribou, sur d'immenses territoires vierges, bien avant l'arrivée des Blancs.

Le père de Simon jeta un regard torve en direction d'Isabelle qui devina aisément que sa présence n'était pas souhaitée. Elle salua et s'esquiva en douce.

— C'est elle ? La fille à Bouchard qui t'a passé dessus ?

— C'est Isabelle. Et puis, il y a eu plus de peur que de mal. Je n'ai que des égratignures.

— Maudite engeance ! En v'là encore une qui cherche à nous enjôler avec ses grands yeux clairs. Elle te frappe avec son char et elle a le front de se pointer ici. On s'laissera pas faire à nouveau, Simon.

— C'était un accident, papa.

— Un accident, tu dis ? Avec les Bouchard, y'a rien que ça… des accidents !

La mère de Simon tenta de calmer son mari, mais Lester Vicaire avait un coup dans le nez. Comme c'était parfois le cas. Sitôt qu'il aperçut les graminées sur la table de chevet, dans un geste rageur, visiblement non calculé, il empoigna le bouquet et le jeta à la poubelle.

Simon allait riposter lorsqu'il perçut dans le regard de son père encore plus de tristesse que de colère. Ce regard chaviré, il le reconnut pour l'avoir déjà vu à quelques reprises. C'était le même qui balayait le front de son père chaque fois que ressurgissait le fossé qui, de génération en génération, séparait les Bouchard des Vicaire. Le pire, c'est que Simon ignorait tout des motifs ayant donné naissance à cette terrible discorde qui ne cessait de perdurer.

Dans la famille Vicaire, une véritable conspiration du silence s'était érigée autour du sujet maudit. Personne n'abordait la question. Ni ses parents, ni ses grands-parents, pas plus que ses oncles, tantes, cousins ou cousines.

Personne n'en parlait.

Un véritable mur de béton semblait cloisonner la mémoire de ceux qui savaient.

– Qu'est-ce qui s'est passé... autrefois ? tenta Simon.

– Oublie cette fille. Un point, c'est tout !

À voir la mine renfrognée de son père, Simon n'insista pas. Mais s'il voulait revoir Isabelle, il avait besoin de découvrir, un jour ou l'autre, le fin fond de l'énigme.

*

Cette nuit-là, bien éveillé dans son lit d'hôpital, Simon prit une décision.

Il y avait trop longtemps qu'on le tenait à l'écart de cette étrange histoire entre sa famille et celle des Bouchard. Le temps était venu. Il devait savoir. Il fouillerait, creuserait, déterrerait le passé s'il le fallait. Il percerait cette muraille et découvrirait ce qui se cachait derrière. Coûte que coûte, il éluciderait ce secret de famille qui empoisonnait leur vie.

Il le fallait.

Pour les yeux clairs d'Isabelle.

Malgré les médicaments qu'on lui avait administrés, Simon resta éveillé une bonne partie de la nuit. Dans sa tête, les mêmes images défilaient. Les mêmes pensées l'obsédaient.

Avant de sombrer pour de bon dans le sommeil, Simon prit un second engagement.

Coûte que coûte, il prouverait à tous ceux qui le traitaient de sauvage qu'un Autochtone était capable d'accomplir de grandes choses.

Il le fallait.

Pour l'honneur de tous ceux de sa race.

3

Fosse du Champ de bleuets
Mouche Magog Smelt

Les grands saumons de la rivière et le vieil homme frayaient dans les mêmes eaux.

Depuis toujours, Billy était guide de pêche. Et sa réputation le précédait. Il y avait des décennies que des célébrités du monde entier venaient pêcher dans la rivière et se disputaient ses conseils.

Ses cuissardes immergées, Billy Vicaire taquinait le poisson de la *Fosse du Champ de bleuets*. Dans un ballet aérien, la *Magog Smelt*, qu'il venait tout juste de fixer au bout de son avançon, virevolta un instant dans les airs, esquissa une trajectoire bien précise avant de revenir rapidement vers l'avant à la suite du bref coup de poignet exécuté savamment par le saumonier aguerri.

Cette majestueuse rivière et Billy Vicaire vivaient en osmose, n'ayant plus aucun secret l'un pour l'autre. Tous les deux, comme un vieux couple, ne faisaient plus qu'un, à force de partage et de complicité. Ensemble, ils avaient coulé des jours heureux et en avaient aussi connu d'autres un peu moins lumineux.

Billy connaissait parfaitement le tréfonds de la rivière. Il savait où ses eaux se faisaient tranquilles, connaissait les endroits où elle passait ses colères dans de bouillonnants rapides. En quelques coups de pagaie habiles, il réussissait à se faufiler le long de ses méandres et traversait ses rapides turbulents sans difficulté aucune. Billy mesurait la profondeur des fosses à leur couleur plus ou moins sombre, devinait facilement la quantité de saumons qui y trouvaient refuge.

Impossible pour la rivière de lui cacher ses humeurs. Impétueuse ou indolente, rebelle ou tranquille, Billy la connaissait par cœur.

De son côté, la rivière avait été témoin de chacune des étapes importantes de la vie de Billy. Ses joies comme ses peines, l'homme les avait vécues en sa compagnie. Se cachaient surtout dans les fosses les plus profondes de son lit... les indicibles secrets de la famille Vicaire.

Malgré son âge avancé, le grand-père de Simon avait l'échine aussi droite que la lame d'un couteau. Avec le geste précis d'un horloger, il savait encore entortiller sa soie au bout de l'hameçon. Pour lui, faire des nœuds n'était pas plus difficile que de lever le petit doigt. Et l'art de fabriquer des mouches, il le maîtrisait comme pas un.

De tous ses petits-enfants, Billy avait une nette préférence pour Simon. Peut-être parce que c'était celui qui lui ressemblait le plus. Peut-être parce qu'ils partageaient le même attrait pour la nature. Sûrement parce que, comme lui, Simon avait une tête forte, la fierté de sa race affichée bien en vue sur le front. Mais ce qui lui plaisait le plus chez son petit-fils, c'était sa détermination.

En cela, Simon lui ressemblait. Beaucoup plus que son frère Louis qui délaissait presque toujours les parties de chasse et de pêche organisées par son grand-père.

— Tu viens à la pêche avec nous, Louis ?

– J'peux pas. Mon avion devrait enfin pouvoir voler aujourd'hui. Il y a beaucoup de vent. Ça devrait lui donner un bon élan sous les ailes.

– Avec quoi l'as-tu fabriqué, cette fois-ci, lui demandait son grand-père.

– Avec de l'écorce de bouleau et des brindilles de paille. Il est léger comme de la plume d'oie.

Et Billy partait, le petit Simon par la main, pendant que Louis rêvait de traverser les nuages.

Dans la région, Billy Vicaire était considéré comme un vieux sage et tous le respectaient. Aux yeux de ses concitoyens, il était l'incarnation de l'Amérindien des temps modernes. À la fois fidèle aux traditions de ses ancêtres et, en même temps, les deux pieds bien ancrés dans son époque. D'un côté, piégeant encore la loutre et le lièvre ; de l'autre, représentant toujours les intérêts de son peuple aux assemblées des Premières Nations ou encore aux commissions parlementaires traitant des Autochtones.

Toute sa vie, l'homme avait vécu en communion avec la nature et il tentait de transmettre son mode de vie et ses connaissances à ceux qui venaient après lui.

Les rivières Restigouche et Matapédia, les lacs et les forêts environnantes constituaient son habitation. L'abondance du gibier des alentours lui fournissait sa nourriture. Les multiples plantes du territoire lui tenaient lieu de médecin.

Il y avait pourtant un sujet que le vieil homme n'arrivait pas à résoudre. Si ses ancêtres avaient tous vécu de la même façon, devait-il absolument en être pareil pour son petit-fils ?

« Les temps avaient changé », tentait de raisonner Billy pour se convaincre que Simon devait peut-être marcher dans d'autres traces que les siennes. Et cela n'avait rien à voir avec la transmission des traditions ancestrales.

C'est qu'il en était arrivé à la conclusion qu'il avait peut-être commis des erreurs en cours de route.

Et il ne voulait surtout pas que Simon s'enfarge dans les mêmes embûches qu'il avait rencontrées sur sa route.

4

Aussitôt qu'il eut vent de l'accident de Simon, Billy se précipita à l'hôpital. En arrivant, il fit face à Lester qui sortait en claquant la porte, avec Pamela dans son sillage, le visage grave et l'air désapprobateur.

– Il va bien ? questionna Billy.

– Assez bien pour frelater[2] avec une Bouchard, rétorqua Lester, d'une voix acerbe.

Billy interrogea davantage le regard de Pamela, mais n'eut droit qu'à une paire de sourcils froncés. Il se précipita dans le couloir, outrepassa le point de service en ignorant l'infirmière qui gesticulait. D'un pas ferme, il gagna la chambre de Simon.

– Tu m'as fait peur !

– Un Vicaire n'a jamais peur. C'est toi-même qui m'as enseigné ça, grand-père.

– Seulement pour son *gwijji'j*[3], Simon. Un Vicaire a le droit de trembler pour son *gwijji'j*.

Billy laissait rarement cours à ses émotions, mais ce jour-là, il serra fort Simon dans ses bras. Alors qu'il jetait un coup d'œil aux alentours, étudiant d'un œil vif le maigre ameublement de la petite chambre aseptisée, son regard s'arrêta net sur la poubelle et son intrigant contenu. Billy ramassa les fleurs quelque peu échevelées d'avoir été aussi durement menées, les secoua et les remit dans le vase.

---

2. Courailler.

3. Petit-fils en langue mi'gmaque.

« Une amoureuse dont tu ne m'aurais pas parlé, Simon ? »

— À chacun ses secrets...

— À quoi fais-tu encore allusion ?

— Tu le sais très bien.

Billy jeta un coup d'œil par la fenêtre. Simon revint à la charge.

« Vas-tu enfin me le dire un jour ? »

— Je ne vois pas en quoi cela t'avancerait de savoir.

— Cela ferait toute la différence, grand-père. Toute la différence.

Billy ignora le dernier commentaire de Simon.

— Alors, qu'en est-il de Meaghan ?

— Meaghan sera toujours Meaghan, se contenta d'ajouter Simon.

L'infirmière, une grosse femme au visage rubicond qui contrastait avec le blanc de son uniforme, entra dans la chambre, prit un relevé de la pression artérielle de son patient et lui administra un médicament au goût de charbon. Simon grimaça. Billy en profita pour jeter un œil circulaire dans la pièce, mais son regard s'arrêtait toujours sur le bouquet de graminées. Aussitôt l'infirmière sortie, il se réessaya en usant d'un autre stratagème.

— Parlant de Meaghan, elle est venue te voir, je suppose ?

— Pas encore.

— Ah bon ! Le bouquet n'est donc pas d'elle...

— D'ailleurs, à l'heure qu'il est, je commence à trouver ça étrange qu'elle ne se soit pas encore pointée, répondit Simon, ignorant l'allusion de Billy.

— Justement...

Billy se racla la gorge et laissa intentionnellement planer le mystère.

– Quoi ?

– Son frère...

– Encore lui ? J'aurais dû m'en douter. Parle, grand-père.

– Ce matin, j'ai vu sa grosse *Hummer* dans leur cour. Il faut croire qu'il est rentré des États-Unis dans la nuit. Et lorsque j'ai traversé le village tout à l'heure, il y avait au moins trois voitures de patrouille devant leur maison.

– Les policiers ?

– Et leur chien...

– Le chien pisteur ?

– Ça m'avait tout l'air de ça.

Le visage de Simon se rembrunit. Il poussa les couvertures et s'extirpa du lit.

– Il faut que je sorte d'ici en vitesse. Meaghan a sûrement besoin de mon aide.

– Du calme, Simon, du calme ! Tu n'es pas en état de quitter l'hôpital. Et si les policiers sont là, c'est qu'ils vont s'occuper d'elle.

– Pas sûr. Pas sûr du tout.

Billy ne s'attarda pas longtemps. Il déposa dans sa main un petit flacon contenant une mixture médicinale de son cru, lui donna ses recommandations et retourna à la rivière.

Simon se mit à penser à Steeve Barnaby. Pourquoi diable le frère de Meaghan était-il revenu dans les parages ?

Simon avait toujours connu Meaghan Barnaby. Seule une clôture grillagée séparait leurs demeures, barrière que les deux enfants avaient eu tôt fait de franchir. Un passage avait vite été agrandi entre les mailles, laissant la voie libre tant aux chats du voisinage et aux virées nocturnes des ratons laveurs qu'aux deux marmots.

Les années avaient filé. Des jeux innocents de leur enfance à ceux plus dégourdis de leur adolescence, il n'y avait eu qu'un petit pont à traverser.

Dans l'esprit de Meaghan, la chose était claire. Toute petite, elle savait que Simon allait être « son homme ».

À la vie, à la mort !

Quant à Simon, il le croyait également… Du moins jusqu'à ce matin particulier où les outardes s'étaient mises en frais de se mêler de ses affaires de cœur.

« Sacrées outardes ! » songea Simon, en remontant sur ses épaules les draps hyper javellisés de son lit d'hôpital.

5

Les parents de Meaghan, Jim et Brenda-Lee Barnaby, tenaient un petit commerce à même leur demeure. Un dépanneur, bien établi en position stratégique au centre de la réserve, où l'on trouvait un peu de tout.

D'abord simple maison familiale à deux étages, le bâtiment s'était peu à peu converti en magasin général. Du coup, les habitants de la maisonnée avaient été relégués au deuxième étage. Au fil des ans, la bâtisse en était venue à ressembler à une pieuvre, entourée qu'elle était de nombreux tentacules soudés à sa structure principale.

S'étaient d'abord ajoutées une petite rallonge, puis une autre, suivie d'un entrepôt servant à empiler des quantités incroyables de caisses de bière et de cartouches de cigarettes. Deux marchandises fortement prisées par les acheteurs non autochtones du voisinage qui profitaient de ces achats hors taxes parce qu'effectués dans une réserve amérindienne. Sans cette manne tombée du ciel — ou plutôt des États-Unis par voie de contrebande — la famille Barnaby n'aurait pas gagné sa vie aussi aisément.

Une autre source de revenus non négligeable était récemment venue engraisser les goussets des Barnaby. Jeux vidéo, poker, bingo et autres loteries avaient envahi les lieux comme autant de pustules sur une plaie déjà vive. Le profit lié à ces activités faisait miroiter, dans les yeux de bon nombre d'habitants de la réserve, l'espoir de jours meilleurs.

Attiré par l'appât de gains supplémentaires, Jim Barnaby procéda à un nouvel ajout à la demeure familiale : une vaste pièce qu'empestait une forte odeur de tabac qui vous envahissait les narines, sitôt le seuil de la porte franchi. C'était sans parler du tapage causé par les incessantes sonneries des machines à sous qui agressaient à cœur de jour les tympans.

Au fin fond du bâtiment, astucieusement camouflée par des caisses de marchandises non déballées qui en barricadaient pratiquement l'accès : une autre pièce.

Sombre… à la porte close.

Une porte verrouillée, donnant sur une salle exiguë et sans fenêtres. Avec pour seul mobilier un vieux sofa aux ressorts affaissés, un *lazyboy* défraîchi et un téléviseur d'une autre époque. Il s'agissait là d'un réduit qui servait à la fois de lieu de marchandage pour l'acquisition de produits illicites et de chambre à coucher provisoire lorsque le père Barnaby avait trop ingurgité d'alcool pour grimper l'escalier le menant au lit conjugal. C'était surtout un lieu que Steeve Barnaby fréquentait lorsqu'il avait un peu trop de coke dans le nez…

Une pièce lugubre que Meaghan connaissait également et qu'elle fuyait comme la peste.

Chaque soir, sitôt l'école terminée et pendant toutes les fins de semaine, c'était dans l'un ou l'autre des tentacules du magasin familial que Meaghan passait le plus clair de son temps. À vendre de la bière, des cigarettes et des billets de loterie. À se faire examiner, taquiner, reluquer de la tête aux pieds par les habitués de la place. À se faire insulter, pincer, tapoter par ce lot de buveurs et de drogués qui se croyaient parfois au bordel.

Règle générale, les journées de Meaghan n'avaient rien de réjouissant. Entre les réprimandes répétées de son père, les mains trop longues de son frère et l'indifférence totale de sa mère malade, sa vie était devenue aussi répétitive qu'une longue suite de litanies. Mais, un élément refaisait toujours surface dans la vie de Meaghan.

La peur.

Meaghan se levait la peur au ventre et se couchait avec elle en fin de journée.

Peur de se faire disputer.

Peur de se faire frapper.

Pire encore, peur de se faire agresser.

Et surtout... peur de se retrouver dans la pièce sans fenêtres au fond du magasin.

L'unique soleil de sa vie, c'était Simon.

Son seul véritable ami. Celui qui l'arracherait un jour prochain à cet enfer pour lui faire voir un peu de paradis.

*

Simon ne connaissait pas la peur, lui.

Enfin, il n'avait jamais peur pour lui-même. Mais il lui arrivait parfois de ressentir de la crainte pour les autres. Pour son grand-père, par exemple. Malgré la stature encore imposante et la santé d'apparence toujours stable de Billy, Simon avait remarqué que sa cadence montrait des signes de ralentissement. Et cela l'inquiétait. D'habitude, lorsque Billy quittait le canot pour emprunter un des sentiers menant à la grande route, Simon devait allonger sa foulée, tellement il peinait à le suivre. Ces derniers temps, les choses avaient changé. Il n'était pas rare que Billy invente quelque excuse pour que Simon passe en premier. Ou encore, le vieil homme feignait d'être à la recherche d'un objet perdu ou oublié. Tout lui était prétexte à réduire le tempo.

« S'il fallait que grand-père meure », se surprit à penser Simon.

L'idée lui faisait mal.

Un grand trou dans le ventre.

Pour exorciser sa peur, il philosophait. Un homme comme Billy Vicaire, ça ne peut pas mourir. C'est comme un grand arbre. Tous les autres ont beau tomber aux alentours, les plus forts résistent. Il y a de grands arbres qui traversent les générations comme si de rien n'était. Qui deviennent facilement centenaires.

Et Billy était un grand arbre.

Simon n'en doutait point.

C'est surtout pour Meaghan qu'il lui arrivait d'avoir peur. Car elle n'était pas de la race des grands arbres, Meaghan. Elle n'était qu'un arbrisseau. Un bien petit arbuste qui avait toutes les peines du monde à grandir tant le milieu dans lequel il avait été planté était hostile. De la terre aride. Que du caillou et des ronces. Pas de terre grasse, pas de mousse tendre à ses pieds. Un père alcoolique et violent, une mère dépressive, un frère agresseur, voleur et *pusher*. Enlisée au milieu de tous ces emmerdements, Meaghan poussait toute croche à force d'essayer de se sortir de sa misère.

Sa seule lumière, son engrais, sa goutte d'eau, c'était lui. Simon Vicaire.

Lui qui l'avait prise sous son aile, toute petite.

   Le silence de la Restigouche

Lui qui l'avait protégée des coups de son père, des absences de sa mère, des mains calleuses de son frère.

Malgré toutes ces misères, elle pouvait être jolie, Meaghan Barnaby, lorsque Simon réussissait à la faire rire. Sa figure mélancolique se parait alors de lumière. Ses pommettes se gonflaient de rouge. Ses grands yeux ronds s'arquaient alors comme des amandes. Ses cheveux, toujours, elle les avait portés très longs. Parfois tressés en une large natte qu'elle ramenait sur le côté, parfois noués en queue de cheval. Mais lorsqu'elle voulait faire craquer Simon, elle laissait ses cheveux en liberté, les faisait valser sur ses épaules et rebondir en cascade jusqu'à sa taille. D'un coup de tête, elle savait si bien les repousser vers l'arrière, les ramener sur le côté d'une main étudiée, les laisser voler au gré du vent comme la crinière d'un cheval au galop.

Irrésistible!

Et dans ces moments-là, Simon venait près d'elle, laissait sa main se noyer dans la masse ondoyante de sa chevelure et finissait chaque fois par l'embrasser tendrement.

*

Les nuits dans une chambre d'hôpital peuvent parfois être longues. Ce soir-là, celle de Simon fut particulièrement tourmentée.

Lorsqu'il finit par venir, son sommeil agité fut entrecoupé de rêves confus, habités qu'ils étaient par Meaghan et Isabelle dont les visages n'en finissaient plus de se superposer. Ses mains à lui vagabondaient tour à tour entre les boucles blondes d'Isabelle et la tresse flamboyante de Meaghan.

Au réveil, ses pensées n'étaient cependant pas pour Isabelle, mais bel et bien pour Meaghan. Si elle n'était pas venue le voir à l'hôpital hier, c'était bien mauvais signe. L'arrivée impromptue de son frère Steeve y était sûrement pour quelque chose. Simon saisit le téléphone, mais eut tôt fait de constater qu'il n'était pas branché. Bien décidé à rejoindre Meaghan, il boitilla jusqu'au poste des infirmières. Sa hanche droite le torturait, mais rien n'était cassé selon les radiographies. Le médecin l'avait rassuré à ce sujet : que des coups, des égratignures, des bleus et des courbatures. Dans quelques jours, une semaine ou deux, il n'y paraîtrait plus rien, qu'il lui avait dit.

C'est la mère de Meaghan qui répondit. Elle restait évasive, la voix pâteuse, engourdie par l'effet des nombreux médicaments dont elle se gavait.

— Meaghan ? Pas ici...

— Elle est encore à l'école ? Au dépanneur ?

— Non.

— Elle est où ?

— Je... je sais pas.

— Vous savez qu'elle n'est pas à l'école, ni au magasin mais vous ne savez pas où elle est ?

— Elle est... je crois qu'elle est au poste de police.

— Au poste de police ? Comment ça ?

— Steeve est arrivé hier...

— Et quoi encore ?

— Ils l'ont arrêté.

— Je ne veux pas savoir ce qui est arrivé à Steeve. C'est de Meaghan que je m'inquiète. Est-ce qu'elle va bien ? Je veux savoir où elle est. Maintenant.

– J'sais rien. J'ai rien vu, moi. On m'a rien dit
à moi. Comme d'habitude.

Brenda-Lee Barnaby se mit à sangloter au
bout du fil. Simon savait qu'il ne tirerait rien d'elle.
Toujours, elle feignait de n'avoir rien vu, rien
entendu lorsque son mari ou son fils malmenaient
Meaghan. De peur de récolter elle-même quelques
coups dans la mêlée, elle choisissait de se réfugier
sous sa tignasse et de se soustraire à la réalité en
gobant ses pilules comme des bonbons.

Simon raccrocha. Il voulut quitter l'hôpital,
mais un face-à-face avec son médecin contrecarra
ses plans. Il regagna son lit bien malgré lui. La
grosse infirmière aux joues de feu lui fit une injec-
tion contre la douleur et ses paupières s'alourdirent
de sommeil. Pas sitôt ses défenses abaissées que,
dans son esprit, la blonde Isabelle se superposa
encore une fois à la brune Meaghan.

Billy avait peut-être raison.

Qu'en était-il de Meaghan ?

6

Le chien des Barnaby était une étrange bête au corps allongé et aux pattes massives. Un animal sordide, assurément issu d'un métissage outrancier. Pareil, d'ailleurs, à tous ses semblables qui vagabondaient sur la réserve.

Avachi sur le perron, le nez aplati sur les planches, le chien resta impassible malgré l'arrivée de Simon. Mais ce dernier se méfiait, sachant fort bien que les réactions de la bête s'avéraient parfois imprévisibles.

Le silence ambiant ne laissait présager rien de bon. La porte était entrouverte. Simon entra sans cogner.

La table était jonchée de bouteilles de bière vides et de boîtes de carton contenant encore quelques pointes de pizza à moitié entamées. Sur le plancher, des os de poulet frit dont le chien semblait s'être délecté.

Tous les signes étaient rassemblés.

La nuit avait été violente chez les Barnaby.

Comme d'habitude, Meaghan avait dû écoper.

Simon eut beau demander s'il y avait quelqu'un, personne ne répondit. N'eût été d'un bruit insolite, il aurait juré que les lieux avaient été désertés. Sur le divan du salon, il trouva Brenda-Lee Barnaby qui ronflait, en laissant échapper un petit sifflement à chaque respiration.

Au magasin, Simon apprit que le fils Barnaby s'était fait prendre à transporter illégalement de la drogue et qu'un délateur l'avait dénoncé.

Restait à savoir qui.

Furieux et sans réponse quant au possible délateur, Steeve avait reporté sa colère sur sa sœur qu'il accusait d'avoir manqué de prudence dans ses conversations avec les clients. Elle avait sûrement dû laisser couler des indices quant au trafic qu'il menait. Tabassée encore une fois, elle s'en était tirée avec des ecchymoses, un œil au beurre noir et un bras sérieusement éraflé.

Simon se rendit au poste de police et y entra comme dans un moulin.

Ce n'était pas la première fois qu'il allait y cueillir Meaghan. L'agent Parker, un moustachu haut comme la porte et ventru comme un tonneau, connaissait bien Simon. Aussi, préférait-il voir la jeune fille prendre la direction de la maison des Vicaire plutôt que de la remettre dans le panier de crabes que constituait sa propre famille.

Questionnée par les policiers, Meaghan était restée muette.

De toute manière, elle n'avait rien à dire puisqu'elle ignorait tout de cette récente histoire de drogue. Pas question non plus de dénoncer la violence de son père ni les comportements vicieux de son frère à son endroit. Par peur des représailles, bien sûr.

Meaghan passa le reste de la journée ainsi que la nuit chez les Vicaire. Toute jeune, elle les rejoignait lorsque ça devenait plus vivable chez elle. Pamela Vicaire, en femme intelligente et avisée, avait souvent dénoncé les comportements inappropriés de sa famille à l'agence des services sociaux, mais la situation était délicate. La violence faisait malheureusement partie intégrante des mœurs de trop de familles sur la réserve et le mot d'ordre était de laisser, dans la mesure du possible, les enfants avec leurs parents.

Depuis que Simon veillait sur elle, Steeve Barnaby avait pris ses distances, se contentant le plus souvent d'agressions verbales à l'endroit de sa sœur.

— Qu'est-ce qui s'est encore passé ? Bien sûr, il a profité de mon hospitalisation pour te tabasser une fois de plus. C'est ça, Meaghan ? C'est bien ça qui s'est passé ?

— J'aimerais mieux oublier...

— Oublier ? Mais il faut le dénoncer cet abruti si on veut que ça cesse un jour. Je ne peux pas toujours être aux alentours pour te défendre. Et une bonne fois, il te frappera encore plus fort...

Meaghan le toisa. La peur se lisait dans son regard. Le genre de peur qui finit par se développer à force de craindre tout le temps, à tout moment du jour et de la nuit.

— Tu ne vas pas m'abandonner, hein Simon ?

L'air était malsain. Simon respirait mal. « Allons à la rivière », proposa-t-il.

Ça sentait l'automne à plein nez. Du nord arriva au galop un vent annonciateur d'un temps maussade. Voyant Meaghan frissonner, Simon entoura de ses bras les épaules de sa protégée. Ni l'un ni l'autre ne disait mot. Au bout d'un moment, Meaghan brisa le silence.

« C'est qui... cette fille ? »

— Quelle fille ?

— Celle qui te courait après avec son auto.

— Qu'est-ce que tu racontes ? Personne ne me courait après.

— C'est ce que les gens racontent... Ils disent que tu lui parlais, juste avant qu'elle te renverse.

– Pure coïncidence. Un accident. C'était un accident, Meaghan.

– Tu la connais ?

Simon ne répondit pas. Il aurait souhaité ne pas pousser plus loin cette conversation.

« Paraît qu'elle porte malheur. Enfin... sa famille. »

Il ne s'attendait pas à cette remarque qui alluma un feu au fond de ses entrailles. Il sentit ses joues s'enflammer.

– Qui t'a dit ça ? Qu'est-ce qu'on t'a dit ? s'offusqua-t-il, en haussant le ton.

– Laisse tomber.

– Qu'est-ce qu'on a dit exactement, insista Simon.

– Ne crie pas, s'il te plaît.

Simon se ravisa, regrettant déjà d'avoir élevé la voix devant Meaghan qui avait sûrement entendu assez de cris dans les derniers jours. Meaghan se leva à son tour et vint près de lui. Simon lui enlaça les épaules dans un geste redevenu tendre.

« Au magasin. J'entends ce que les gens disent, tu sais. Il paraît qu'il y a des années que cette fille... et sa famille... vous tournent autour. Comme des oiseaux de malheur. »

– Des ragots. Rien que des ragots !

Agacé, Simon secoua fortement la tête. Les poings serrés, il sentait la colère sourdre en lui. Il lui fallait se calmer, changer le ton de cette conversation. Il voulait surtout éclaircir la situation et expliquer à Meaghan que... que...

Que quoi, exactement ?

Cherchant ses mots, il posa le pied sur une souche et se mit à suivre distraitement des yeux les allées et venues d'un écureuil qui trottinait allègrement le long du tronc rabougri d'une vieille épinette.

« Écoute, Meaghan, finit-il par lâcher. La fille s'appelle Isabelle. Isabelle Bouchard et c'était un accident. Rien qu'un accident. Et promets-moi de ne plus écouter tous les racontars qui circulent entre les caisses de bière du magasin. »

Meaghan bougea nerveusement les mains, tortilla maladroitement une boucle de cheveux qui s'échappait de sa queue de cheval. Elle finit par ajouter d'une voix triste.

– Ils ont également dit... qu'elle était très belle. Aussi belle que l'était sa mère à son âge.

Du coup, Simon se leva et s'éloigna jusqu'à la rive. Il s'emplit les poches de cailloux plats qu'il se mit à lancer nerveusement dans la rivière. Les cailloux ricochaient, formaient des cercles qui allaient en s'agrandissant, emportant avec eux tous les autres mots qui refusaient de sortir de sa bouche.

Au bout d'un certain temps, Meaghan vint le rejoindre et se mit, elle aussi, à lancer des cailloux dans l'eau. Sur le chemin du retour à la maison, elle brisa de nouveau le silence.

« Seras-tu toujours là pour moi, Simon ? »

– Je serai toujours là pour te défendre. Aussi longtemps que je vivrai.

– Tu me le promets ?

– Je te le promets.

   Le silence de la Restigouche

7

Encapuchonné comme un enfant en janvier, le vieux moine marche d'un pas encore allègre le long de la rangée de chênes géants qui entourent le monastère.

Autour de lui, des volées de feuilles tourbillonnent dans tous les sens cherchant à échapper aux dents du râteau qui tente de les avaler.

Simon s'impatiente de voir le vent s'amuser à défaire les mulerons de feuilles qu'il vient tout juste de racler. Depuis trois ou quatre ans, il accomplit divers petits travaux autour de la propriété des pères Capucins. Des sous en banque pour l'aider à payer d'éventuelles études.

Dès la fin du 19ᵉ siècle, les pères de l'Ordre des Capucins sont installés au centre de la réserve mi'gmaque. Ils se sont établis tout près de l'église en pierre qui trône en plein centre du village, gardienne d'une foi qui, de nos jours, a plutôt tendance à ficher le camp par toutes les issues possibles. Dans l'ombre de l'église, le monastère des Capucins se distingue des autres bâtiments, avec sa longue galerie et ses nombreuses fenêtres à carreaux. De l'autre côté, le cimetière longe la rivière et s'étend jusqu'au bout de la propriété. Un grand cimetière garni d'une quantité impressionnante de pierres tombales. À croire qu'il meurt plus d'Autochtones qu'il n'en vient au monde.

Il s'en est écoulé des années depuis l'arrivée des moines. Les paroissiens se font maintenant de plus en plus rares, les pères Capucins également.

Seule une inébranlable dévotion à la bonne sainte Anne réussit encore à attirer une certaine foule autour des lieux sacrés le 26 juillet de chaque année, fête de la sainte patronne.

Ce matin, Simon s'est pointé sur la propriété à la barre du jour, sachant qu'il lui faudrait plusieurs heures pour venir à bout du raclage des feuilles. Les chênes centenaires ont, semble-t-il, entrepris de se dévêtir d'un coup. Mais une autre raison motive la présence de Simon de si bonne heure. C'est qu'il ne veut surtout pas rater l'occasion de converser avec le père Boudrault. Et il sait que ce dernier fait coïncider sa promenade matinale avec le lever du soleil.

Sa première brouettée à peine amassée, Simon abandonne feuilles et râteau pour se diriger vers l'étroit sentier que vient tout juste d'emprunter le père Boudrault, bréviaire à la main et longue robe brune voletant au vent.

— Je peux vous déranger, mon père ?

Le moine sursaute et se retourne promptement. Apercevant Simon, il reprend aussitôt sa marche sans réduire pour autant sa cadence.

— Tu ne me déranges jamais, Simon. Mais que fais-tu ici de si bonne heure ?

Simon tente d'aligner sa foulée sur celle rapide du père Boudrault tout en cherchant ses mots.

— Vous étiez ici, commence-t-il, d'un ton incertain, il y a... 30 ou 40 ans environ ?

— Si j'étais où ? Quand ? Dis-moi plus exactement ce que tu cherches à savoir.

— Je... j'aurais besoin de renseignements... au sujet de ma famille. Ou plutôt concernant une personne qui aurait été en contact avec mon père... ou peut-être mon grand-père.

— C'est très vague comme question. Il y a 30 ou 40 ans, tu dis? Moi, je n'y étais pas, mais les registres paroissiaux sont là pour nous renseigner. Si tu me disais le nom de cette personne, je pourrais toujours faire une petite recherche.

— C'est que... je ne sais pas de qui il s'agit... exactement. Ni de quoi...

— Je vois. Tu sais, mon cher Simon, on dit qu'il est bien difficile d'attraper un chat noir dans une pièce sombre. Surtout lorsqu'il n'y est pas. Je crains malheureusement de ne pas pouvoir t'être d'un grand secours. Ton père et ton grand-père en savent sûrement plus que moi sur la question et tu devrais peut-être...

— Ah! Pour le savoir, ils le savent, l'interrompt aussitôt Simon. Mais pour le dire... ça, c'est une autre histoire.

Simon regagne brouette et râteau sans trop d'enthousiasme. C'est en raclant que lui vint une idée saugrenue. Celle d'aller fouiner du côté des morts. Si les vivants demeuraient aussi muets que les défunts, peut-être que les véritables trépassés, eux, se montreraient plus loquaces.

D'un pas rapide, il enjambe la clôture encerclant le cimetière et se dirige vers l'espace réservé à ses ancêtres. Les tombes de ses arrière-grands-parents côtoient celles de leurs enfants décédés. À l'avant du périmètre, la pierre tombale d'un oncle mort d'une crise cardiaque il y a une dizaine d'années et celle de son cousin tué dans un accident de la route l'été dernier. Simon prend le temps de lire tous les noms et examine attentivement les dates des décès. Il fait le tour de toutes les pierres tombales, deux fois plutôt qu'une.

Rien de particulier n'attire son attention.

Les morts aussi se font discrets.

Simon allait reprendre sa corvée lorsqu'un bruit insolite venant du côté du monastère attire son attention. Un son qui se fait persistant. On dirait quelqu'un qui cogne au carreau d'une fenêtre. Des yeux, Simon scrute toutes les portes du bâtiment. Rien ni personne en vue. Le bruit continue. Des coups répétitifs, saccadés. Simon porte encore plus attention et conclut que le bruit vient d'en haut. Il inspecte alors une à une les fenêtres de l'édifice.

Deuxième étage, troisième fenêtre... une ombre se déplace derrière le rideau.

La fenêtre s'ouvre avec fracas... et Simon voit un bras, puis une main dont le doigt pointe vers le fin fond du cimetière. La main s'agite de façon insistante.

Simon y regarde à deux fois puis tourne le regard vers la direction qu'on lui indique. Ne voyant rien de particulier, il se met à marcher vers l'endroit qu'on lui a pointé. Il se rend jusqu'au bord de la rivière, mais n'y remarque rien de singulier. Se retournant vers la fenêtre, il revoit la main qui lui fait signe de continuer encore plus loin.

Mais il est déjà rendu au bout du cimetière.

Il n'y a plus de tombes.

Seulement la rivière sur sa droite et le début du boisé vers l'avant. Il décide d'enjamber la chaîne ceinturant le cimetière. La main s'agite toujours à la fenêtre. Des yeux, Simon balaie les alentours, cherchant un indice. Son regard commence par se poser à l'orée du bois, puis son champ de vision se rétrécit, se fixe aux alentours d'un bosquet touffu, s'arrête net. Il aperçoit un objet plutôt insolite pour l'endroit. Un petit bouquet de fleurs séchées attachées avec du fil à pêche qui repose au centre d'une dalle de pierre grise striée de lignes. Des rainures blanches, noires et rougeâtres courant dans la roche.

Une pierre qu'il reconnaît pour en avoir déjà vu des semblables aux abords de la grande fosse aux saumons.

La fosse du Coude du Diable plus précisément.

Simon s'approche, enlevant du revers de la main les quelques feuilles amoncelées sur la dalle. C'est à ce moment qu'il aperçoit la deuxième pierre. Puis une autre encore. Plus petite celle-là. Posée juste à côté des deux premières. Lissant de sa main le dessus des dalles, il sent des motifs. On dirait que quelque chose est gravé. Tirant son canif de sa poche, Simon se met à enlever la mousse qui tapisse les cavités creusées dans les pierres. Au bout de quelques minutes, il peut facilement distinguer ce qui est inscrit sur deux d'entre elles.

Sur chacune des pierres, deux lettres :

B.R.

R.V.

Que des initiales. Sur chacune des grosses pierres. Rien n'a été gravé sur la plus petite des trois.

Des pierres tombales ? Pourquoi se trouvent-elles à l'extérieur de l'enceinte du cimetière ? *B.R.* Ces deux lettres ne lui disent rien. Sur la deuxième pierre, peut-être un *V* pour Vicaire. C'est tout ce que Simon peut déduire de cette étrange découverte.

Vivement, il se retourne vers le monastère. La fenêtre est close ; le rideau, tiré. Pas même une ombre derrière le tissu. Comme s'il n'y avait jamais eu de signes venant de là. Simon examine attentivement tout le pan arrière du bâtiment, en scrute les fenêtres une à une.

Rien. Absolument rien.

Il n'a pourtant pas rêvé : ce fantôme, cette main, ce doigt lui pointant une direction. Avec insistance même...

Simon revient sur ses pas et tente de rejoindre à nouveau le père Boudrault qu'il aperçoit au loin, s'engageant sur la route au volant de sa vieille Ford bringuebalante.

Sans perdre une seconde de plus, Simon se dirige d'un pas ferme vers l'entrée principale du monastère et agrippe le butoir comme s'il s'agissait d'une bouée de sauvetage.

Le concierge, un squelette vêtu d'une salopette usée à la corde, se pointe le nez dans l'entrebâillement de la porte, l'air ronchonneur.

— Pas nécessaire de cogner aussi fort! Que veux-tu ?

— Euh. Je voudrais... je souhaiterais parler à la personne qui... tout à l'heure... du deuxième étage... Enfin, je voudrais voir la personne qui a ouvert une fenêtre au deuxième tout à l'heure.

— Il n'y a personne au deuxième étage qui a pu ouvrir une fenêtre.

Le squelette claque la porte avec une brusquerie apparentée au ton bourru de sa voix.

Le nez collé au carreau, Simon reste sur sa faim.

Pourtant... il l'avait vue de ses yeux vue, cette ombre, cette main qui s'agitait. Quelqu'un était bel et bien à la fenêtre du deuxième.

De cela, il était absolument certain.

8

La camionnette de Lester Vicaire vira dans l'entrée, les pneus crissant sur l'asphalte.

Il y avait fort longtemps que Simon avait appris à décoder l'humeur de son père à la façon dont il conduisait. S'il traversait le village en roulant en deçà de la limite permise, c'est qu'il avait l'esprit préoccupé par quelque problème prétendument insoluble. Les fois où son paternel traversait la réserve en trombe, c'est que celui-ci était sur un bon coup, donc de belle humeur. Et lorsqu'il faisait crisser les pneus de sa camionnette au retour du travail, c'était que la journée avait été bien mauvaise, ou encore, c'était son foie qui lui rappelait qu'il était grand temps de rationner nourriture et alcool.

Le bruit des pneus et le déplacement de cailloux qui bondissaient de tous côtés signifiaient que le moment était sûrement mal choisi pour ramener à la mémoire de son père les sales histoires du passé. Mieux valait oublier le cimetière, les dalles de pierre et la main qui s'agitait de la fenêtre du deuxième étage du monastère.

Pour aujourd'hui, tout au moins.

Lester Vicaire était devenu un homme taciturne. Mais il n'en avait pas toujours été ainsi. La vie s'était chargée de lui ravir la bonne humeur de sa jeunesse. Le père de Simon était garde-pêche et l'exercice de son métier n'était pas sans lui causer de fréquents maux de tête. Au nom de leur appartenance aux Premières Nations, les siens étaient autorisés à exercer un droit dit de « subsistance ». Un certain nombre de ses concitoyens passaient cependant outre aux règlements en évoquant leurs droits ancestraux.

Cette question des droits de pêche des Autochtones faisait d'ailleurs l'objet de bras de fer entre les Mi'gmaqs et les Blancs, les pêcheurs commerciaux et les groupes écologistes et avait donné lieu à de nombreux débats enflammés. Autant d'échauffourées entre les diverses parties en cause avaient éclaté, sans parler de ceux qui choisissaient de saisir les tribunaux et de leur demander de trancher entre les droits des uns et ceux des autres. À tous ces motifs de discorde venaient encore s'ajouter les tensions entre les pêcheurs sportifs, ceux des régions avoisinantes et les autres : ceux qui arrivaient de tous les continents en haute saison et qui se targuaient d'avoir payé le gros prix pour se prévaloir des meilleures fosses et des plus grosses prises.

D'une part, Lester n'aimait pas aller à l'encontre des revendications de son peuple, mais d'autre part, il était payé pour faire respecter la loi.

C'était là son travail.

C'était là son malheur.

Un perpétuel dilemme qu'il gérait fort mal.

Lui-même, tout comme son père Billy, ses grands-parents et tous ses ancêtres avaient été témoins de bien des disputes.

À chaque montaison des saumons dans la Restigouche montait également la tension entre Autochtones et Blancs. Un problème qui perdurait et qui revenait toutes les saisons de pêche.

Inexorablement.

Comme les grandes marées et comme les nouvelles lunes.

C'était toujours avec véhémence que Billy racontait chacun des accrochages survenus et c'était toujours avec une grande fébrilité qu'il témoignait de l'exaspération ressentie par les siens, de leur colère souvent exprimée à force de pétitions et de manifestations. Malheureusement pas toujours pacifiques.

« Des actions malencontreuses, rapportait Billy, la voix crispée. Du bris de matériel, des actes d'intimidation allant même jusqu'au barrage de la montaison du poisson par la pose de rets en travers du chenal de la rivière… Des gestes faits sous le coup de la frustration et du sentiment d'être éternellement incompris », ajoutait-il en soupirant.

De son côté, Lester ne cessait de faire référence aux diverses lois venues réglementer les droits de pêche. Il se plaignait surtout du piètre service du garde-pêche chargé de patrouiller les rivières et du peu de sérieux accordé aux contraventions émises. « Toute loi qui se respecte, maugréait-il, doit être assortie d'amendes ou encore de peines de prison. Sinon, à quoi ça sert de faire mon travail ? »

Lester Vicaire avait-il choisi le mauvais métier ? Il lui arrivait parfois de le croire.

Le saumon était trop symboliquement lié à son peuple. Voilà ce qu'il pensait.

Ces histoires de pêche et de saumons, Simon les avait entendues plus souvent racontées que les contes des *Mille et une nuits*. Elles avaient nourri son enfance, imprégné son adolescence et faisaient toujours partie de son quotidien.

Simon observa son père descendre de son camion, s'essuyer le front du revers de sa manche, comme si ce geste avait pu en même temps effacer tous les tracas de sa journée. Il le vit surtout tendre la main, soulever la toile qui couvrait la boîte arrière de son camion et attraper la caisse de bière qui s'y trouvait. Une vingt-quatre! La journée avait dû être particulièrement difficile.

« C'est tout de suite que je dois l'aborder, se dit Simon. Avant qu'il n'ouvre sa première bouteille. »

— Je les ai vues. De l'autre côté de la clôture, commença-t-il.

— J'ai eu une grosse journée, Simon. Et j'ai pas vraiment la tête à jaser. Plus tard, peut-être. Ou demain, si tu veux.

— Au fond du cimetière. Les dalles. Les initiales. Les dates. J'ai tout vu, insista Simon.

Il avait préparé cette phrase comme on choisit minutieusement une mouche à pêche et l'avait lancée en direction de son père en souhaitant que ce dernier morde à l'hameçon. Ce que fit d'ailleurs Lester dans le temps de le dire. Ses yeux fatigués s'ouvrirent démesurément. Sa gorge se noua. Il venait de gober le leurre lancé par son fils.

— T'as encore fourré ton nez où t'avais pas d'affaire, beugla-t-il. Je t'ai pourtant dit de ne pas chercher à déterrer les morts.

— Et si on en parlait, des morts, une bonne fois pour toutes.

— Simon, les morts sont morts. Et il n'y a plus rien à dire à leur sujet. Fin de la conversation.

Lester entra dans la cuisine et mit quelques bières au réfrigérateur. Sans attendre qu'elles soient refroidies, il décapsula sa première, tira une chaise au bout de la table et se laissa choir bruyamment. Le fauteuil craqua sous le corps de l'homme et le poids de ses soucis.

Sans perdre une seconde, Simon vint le rejoindre à la table, fin prêt à affronter le match qu'il entendait bien mener à terme.

Simon prenait son temps. Il avait habilement lancé l'appât. Il laissait à son père le temps de filer jusqu'au bout de sa soie avant de se remettre à mouliner de plus belle.

Un panier de pommes fraîchement cueillies occupait le centre de la table. S'en échappait une délicieuse odeur d'automne. Simon choisit l'un des plus beaux fruits. Par petits coups secs, il le frotta sur sa manche jusqu'à ce que sa pelure reluise d'un éclat vermeil. Il croqua bruyamment dans la pomme, savourant à la fois les sucs qui s'en dégageaient et l'arôme émanant du four qui laissait deviner qu'il y aurait de la tarte aux pommes pour le dessert.

— J'ai besoin de savoir. J'ai le droit de connaître la vérité, poursuivit enfin Simon d'une voix grave et décidée.

— Il y a des vérités qu'il vaut mieux ignorer. Écoute, Simon. J'ai passé des années à tenter d'oublier ces histoires sordides. Ne viens pas raviver le feu que j'ai mis tant de temps à éteindre.

— Justement. Si tu le brassais, ce grand feu, et lui donnais un peu d'oxygène, peut-être qu'il brûlerait de sa belle flamme au lieu de couver tout le temps comme ça, sous ses cendres. Ça va finir par te tuer, papa.

— Ce sont tes questions qui me tuent.

Lester entama sa bière et vida la moitié de la bouteille d'une seule gorgée. Simon se hâta de rappliquer avant que l'alcool ne fasse son effet. Il choisit un ton plus conciliant.

– Et si j'avais besoin de savoir, papa. Grand-père et toi, vous m'avez toujours dit qu'il fallait savoir d'où l'on venait...

Lester Vicaire grimaça, mit sa main sur sa poitrine et, d'un mouvement circulaire, se mit à se masser à la hauteur du foie, geste que Simon lui voyait faire chaque fois que quelque chose ne tournait pas rond.

« D'accord, trancha Simon. Si tu ne veux rien me dire, c'est bien correct. Mais dis-toi que je ne lâcherai jamais prise. Je finirai par trouver d'une manière ou d'une autre. Seulement... si nous avons un secret de famille, j'aurais préféré que ce soit toi qui me l'apprennes. Toi, mon père ! »

Lester esquissa une grimace de douleur, reposa sa main à la hauteur de son foie et cala le reste de sa bière d'une seule lampée.

« Comment son drame pouvait-il aider son fils à mieux vivre sa vie ? Pourquoi Simon continuait-il à s'accrocher à cette histoire du passé ? »

Il n'avait pas de réponses à ces questions mais, ce qu'il savait, c'est qu'il ne laisserait jamais Simon suivre le même sentier que lui... et sa famille. Dans son raisonnement, si Simon ignorait où était la route à ne pas suivre, c'est certain qu'il ne risquait pas d'emprunter ce chemin maudit.

Telle était sa conviction.

Devant le mutisme habituel de son père, Simon lança le reste de sa pomme à la poubelle et sortit de la maison en claquant la porte.

Lester ferma les yeux. Comme si la bobine du film avait été remise à zéro, il vit se dérouler le scénario du drame.

Celui vécu il y avait déjà tant d'années.

9

C'est à la bibliothèque de l'école que Simon revit Isabelle.

Concentrée sur sa lecture, elle ne remarqua pas son entrée. Ce n'est que lorsqu'il passa tout près de sa table de travail qu'elle l'aperçut. Simon allait passer outre, mais fut stoppé par le ravissant sourire qu'elle lui décocha.

Sans mot dire, Isabelle tira la chaise à sa droite, l'invitant à s'asseoir. Simon obtempéra. Elle travaillait ses mathématiques, il s'affairait à son devoir de biologie. Chacun le nez dans ses bouquins, tous les deux feignant d'ignorer leurs frôlements de coudes et leurs mouvements de pieds sous la table. Mais intérieurement, ils ressentaient d'étranges frissons qui les empêchaient tous deux de se concentrer sur leur travail.

Parmi la pile de livres qu'Isabelle avait étalés sur la table, il s'en trouvait un intitulé *Les plus beaux canards d'Amérique*. Sur la couverture, un couple d'outardes en vol. Simon fit semblant de n'avoir rien vu, mais n'en souriait pas moins intérieurement.

La cloche sonna l'heure du midi.

— On dîne ensemble ? demanda aussitôt Isabelle, de peur qu'il ne déguerpisse aussi vite qu'il avait coutume de le faire.

— Je mange rarement à la cafétéria.

— Et tu manges où ?

— Dehors. Sous le pin.

– Le grand pin tout au bout du terrain ? Je prends quelque chose à manger et je te rejoins. Si tu n'as pas d'objection, bien sûr.

– Moi, non. Mais Gordon, peut-être...

Isabelle devint sérieuse, le fixa dans les yeux et répliqua : « Tu sauras, Simon Vicaire, qu'on ne me dicte pas ma conduite. Ni Gordon Brown, ni personne. »

Malgré l'automne déjà avancé, le ciel était d'un beau bleu azur, à peine moucheté çà et là de petites touffes cotonneuses. Sous le pin, un tapis d'aiguilles roussies tenait lieu de nappe. Simon ajouta une pierre à côté de la sienne et attendit l'arrivée d'Isabelle avant d'entamer son dîner.

Quelque chose le tenaillait au fond de l'estomac. Mais ce n'était pas la faim. Une étrange sensation. Semblable à celle qu'il éprouvait lorsqu'il attendait que la perdrix, tapie sous les branches, finisse par sortir. Il retenait alors son souffle et tendait tous ses muscles, prêt à agir au moindre mouvement.

« Mais Isabelle n'est pas qu'une perdrix, un oiseau, somme toute fort ordinaire, songea-t-il. Le malheur, c'est qu'elle est aussi belle et gracieuse qu'une hirondelle. »

Il la regarda venir au loin. Mince comme un fil, elle avançait avec élégance. Son jeans bleu délavé moulant son corps agile et sa chevelure flottant au vent eurent encore une fois le dessus sur la raison de Simon. Il sentit son cœur s'accélérer, comme s'il en avait perdu la maîtrise. Ce qui l'inquiétait le plus, c'est que jamais il n'avait ressenti pareil émoi à l'approche de Meaghan.

Lorsqu'Isabelle se pencha pour s'asseoir à ses côtés, une mèche de ses cheveux chatouilla le visage de Simon. Ils étaient doux et parfumés.

— Un yogourt et une pomme. C'est bien peu pour un repas. On dit pourtant qu'il faut déjeuner comme un roi, dîner comme un prince et souper comme un pauvre.

— Il faut croire que je ne suis pas une princesse. Et puis, il faut bien que je veille à ma taille, ricana Isabelle.

— Pour ça, on peut dire que tu l'as!

À peine avait-il prononcé ces mots qu'il les regrettait déjà. Mais à la façon dont Isabelle encaissa le compliment, il se sentit moins bête.

Simon partagea avec Isabelle son sandwich au poulet, son sachet d'arachides et sa pointe de tarte aux pommes.

— Comme ça, tu dînes toujours sous le grand pin.

— Chaque midi où je n'ai pas de pratique de sport.

— Même l'hiver?

— Même l'hiver. Par temps ensoleillé, il se dégage une si belle lumière...

— Tu n'aimes pas la compagnie des autres étudiants?

— J'aime surtout celle des oiseaux.

*   *

*

Cette année-là, en plus de partager sa table en aiguilles de pins avec les oiseaux et les écureuils, Simon put compter sur Isabelle qui venait le rejoindre à l'occasion. Au pied levé. Comme ça.

Sans avertissement ni rendez-vous. Plus d'une fois, Simon se surprit à attendre sa venue. Les jours où Isabelle se pointait, ceux de Simon se paraient alors de soleil, même par temps de pluie. Leurs conversations allaient toujours bon train. Et souvent, leurs silences se faisaient plus éloquents que leurs paroles.

Pendant ce temps, Isabelle continuait de fréquenter Gordon et Simon voyait toujours Meaghan.

Début décembre, alors que Simon accompagnait Billy à la chasse à la perdrix, ce dernier nota un changement dans le comportement de son petit-fils.

— T'as l'air soucieux, Simon. Quelque chose te tracasse ?

— Non. Qu'est-ce qui te fait penser ça ?

— Rien de précis. Juste ton allure. On dirait que t'as la tête ailleurs.

Au même moment, une longue tête de perdrix se pointa entre les souches. Tout étirée qu'elle était, elle scrutait les chasseurs d'un œil affolé. Billy visa. Pour la deuxième fois en autant de circonstances, Simon se racla la gorge et fit fuir le volatile juste avant que le coup ne parte. C'est que ce jour-là, il avait le cœur à la vie et non à la mort.

Billy n'était pas dupe du manège de Simon.

« Bon ! Si tu ne veux pas chasser aujourd'hui, tu n'as qu'à le dire. Peut-être qu'on pourrait juste marcher. Je vois bien que quelque chose ne va pas. Une fille dans l'œil, peut-être ? » relança Billy.

— Mais non. Qu'est-ce que tu vas chercher là ?

— Et cette jolie blonde. Celle de l'hôpital. Tu l'as revue ?

— Isabelle ?

– Ah bon ! Tu prononces bien vite son nom à ce que je vois.

Simon rougit. C'est que pas plus tard qu'hier midi, sous le grand pin, elle avait posé sa blonde tête sur son épaule, la belle Isabelle. Et lui, il en avait profité pour l'encercler de son bras. Ça n'avait duré qu'un instant. Et pourtant, c'est à cet instant précis qu'il ne cessait de penser.

Et il ne sut trop pourquoi, mais son grand-père se mit à lui raconter une bien étrange légende.

Celle de la bernache et de l'oie blanche.

« Il y a de cela bien des lunes, commença Billy, une bernache mal en point se détacha de sa volée qui migrait du nord vers le sud, pour y passer l'hiver à l'abri des intempéries. C'est qu'elle avait reçu du plomb dans l'aile, la pauvre bête, en survolant d'un peu trop près le chasseur. Réduite à quitter son groupe, la bernache mal en point dut trouver refuge dans un sous-bois, le temps de guérir sa blessure. Une fois remplumée, peut-être aurait-elle la chance de se joindre à une autre volée de bernaches qui viendrait à passer par là.

Dans l'impossibilité de voler, la bernache blessée éprouvait bien du mal à trouver de la nourriture. Sur son chemin, elle rencontra un fermier qui la trouva bien amaigrie. Sûrement une qui devra hiverner par ici, se dit l'homme. Et il prit le grand oiseau sous son bras, l'emporta jusque chez lui et le déposa dans l'enclos, en compagnie de sa belle grande oie blanche. "Comme ça, cette outarde pourra passer l'hiver au chaud et rejoindre à nouveau les siens lorsqu'ils reviendront le printemps prochain", s'était dit le fermier.

Et pendant tout l'hiver, l'oie blanche et la bernache mangèrent dans la même auge, dormirent les plumes de l'une entremêlées à celles de l'autre, leur cancanage produisant une musique encore inédite. Toute la maisonnée trouvait que l'oie domestique et la bernache sauvage formaient un bien beau couple. Jusqu'à ce qu'un bon matin, un oisillon bien étrange picore de son bec la coquille de l'œuf pondu par l'oie si blanche... La surprise des fermiers fut totale lorsqu'ils virent l'étrange poussin s'extraire de l'œuf.

"Personne ne voudra acheter ce bizarre poussin de couleur ; surtout lorsqu'ils ont en tête de mettre dans leur enclos de belles oies toutes blanches", se dit le fermier. Et du coup, il décida de remettre la bernache en liberté. Il le fit sitôt qu'il entendit le cancanage annonçant le retour du Sud des premières grandes bernaches sauvages. "Va bien vite rejoindre les tiens, dit-il à la bernache. Ta place est auprès d'eux. Et laisse mon oie blanche tranquille... avec les siens."

Mais, phénomène étrange, la bernache refusa de quitter son oie. Et laissa passer outre toutes les volées d'outardes du printemps sans se joindre à aucune d'entre elles. Seul dans son champ, l'oiseau sauvage venait toutes les nuits rôder autour de l'enclos du fermier. De son côté, depuis que le fermier avait remis son sauvage compagnon en liberté, l'oie blanche ne cessait de criailler à longueur de jour.

Craignant que la bernache ne trouve le moyen de rejoindre son oie, le fermier imagina sa fortune fondre au soleil. Plus de beaux œufs tout blancs, plus d'oisillons immaculés, plus de ventes faramineuses au marché. Aussi, il avertit le chasseur voisin de la présence d'une bernache autour de son enclos.

Et par un soir sans lune, le chasseur tira sur la bernache en vol.

Blessé à mort, le valeureux oiseau ne chuta pas immédiatement au sol, mais poursuivit courageusement son parcours, le temps de survoler l'enclos de l'oie blanche. Sa trajectoire traça une grande courbe dans le ciel et c'est dans un long cri déchirant que la bernache se laissa choir directement dans l'enclos de l'oie blanche.

On dit que ce cri de la bernache hanta le fermier et le chasseur pendant le reste de leurs jours.

À la suite de la mort de sa bernache, l'oie blanche cessa de se nourrir. Et mourut à son tour. »

Il y eut un long moment de silence avant que Billy ne conclue.

« Comme quoi, les bernaches ne doivent pas frayer avec les oies blanches. Ça finit toujours par porter malheur Simon », laissa tomber Billy.

Simon ne dit mot. Il ne s'agissait pas de la première histoire que lui racontait son grand-père. Chaque fois, il se demandait si ses légendes contenaient ou non un fond de vérité. Mais ce qui importait, c'est que Billy réussissait toujours à lui transmettre son message.

*

Ce soir-là et les nuits qui suivirent, Simon se coucha avec ces mots en tête.
« Les bernaches avec les oies blanches, ça finit toujours par porter malheur. »

10

Malheur ou pas, Simon n'arrivait pas à oublier Isabelle.

Meaghan, quant à elle, commençait à avoir vent de sa présence continue dans le sillage de Simon. Les mauvaises langues au dépanneur ne manquaient pas de l'en informer. « Paraît qu'ils dînent même ensemble ! »

Et le petit roseau qu'était Meaghan ployait sous le poids de la peine.

La première couverture de neige s'étendit sur le sol sans couvrir pour autant le chagrin de Meaghan. Sans, non plus, éteindre les ardeurs de Simon envers Isabelle.

Peu avant Noël, Meaghan décida de mettre les choses au clair en racontant à Simon les cancans parvenus à ses oreilles.

— Simon… Est-ce que je peux te demander quelque chose ?

— Bien sûr, Meg.

— Tu sais, cette histoire avec les Bouchard… ceux qui portent malheur à ta famille, après tant d'années, as-tu découvert de quoi il s'agissait, exactement ?

Exaspéré de la voir revenir sur ce sujet, Simon se cabra et changea brusquement de propos. Mais Meaghan était tenace.

— Ça te dirait d'aller patiner, Meaghan ?

— Moi, j'irais voir au monastère, si j'étais toi.

– La glace est bien prise sur l'étang. Hier, j'ai aperçu le renard qui le traversait à grande vitesse sans aucune crainte de voir ses pattes s'enfoncer.

– Le vieux père Anselme, tu sais, celui qui doit bien avoir 100 ans, il la connaît sûrement, cette histoire de famille... que personne ne veut te raconter.

Simon n'avait pas pensé à cette avenue. Il s'accrocha aux propos de Meaghan, oubliant du coup renard, étang et patinage.

– Il n'est pas déjà mort, le vieux père Anselme ?

– Mais non. C'est ma tante Winnie qui va le soigner et le nourrir pendant l'été. Il paraît qu'il ne peut plus marcher, le pauvre vieux. Il ne quitte plus son lit, mais il semble avoir toute sa tête. Du moins, c'est ce que raconte ma tante.

– Et il est toujours au monastère ?

– Il passe l'hiver à Québec, au grand séminaire. Mais sitôt l'arrivée du printemps, paraît qu'il insiste pour venir passer ses étés dans la réserve. D'une saison à l'autre, c'est ça qui le tient encore en vie. Revenir ici. À l'endroit qu'il a tant aimé. C'est ce qu'on dit.

Quelques minutes s'écoulèrent. Le temps pour Simon de mettre les morceaux en place. Puis, il salua Meaghan en vitesse et trouva le moyen de déguerpir aussi vite que le renard sur l'étang. Il emprunta la camionnette de son père, fila droit jusqu'au bout de la réserve et entra chez Winnie Barnaby sans frapper.

– C'était vous, n'est-ce pas, Winnie ? C'était votre main. À la fin septembre. Votre main à la fenêtre du monastère qui me pointait l'orée des bois... L'autre bord du cimetière... les dalles de pierre… C'était vous, dans la chambre du père Anselme? Dites-le, que c'était bien vous!

– Prendrais-tu une tasse de thé Simon? demanda Winnie.

Courte et trapue, Winnie avait les pommettes saillantes et le teint cuivré de ceux de sa race. Sa chevelure noire était tressée en deux longues nattes qui lui descendaient jusqu'au bas des reins. Dans ses pieds, une paire de mocassins découpés dans des peaux de biche, fabriqués dans les règles de l'art. Impossible de deviner l'âge de cette femme qui incarnait parfaitement la squaw des livres d'histoire. Simon savait que Winnie avait élevé une famille de douze enfants et il avait l'impression d'être traité comme le treizième.

Elle marchait comme un vieux chat, d'un pas lent et feutré. Aucun bruit, aucun empressement. Elle se déplaça jusqu'à l'évier, ouvrit le robinet et en laissa couler un mince filet d'eau. La tuyauterie émit quelques plaintes, témoin de son vieil âge.

Simon n'eut d'autre choix que de se mettre au rythme de la maisonnée. Il cessa de s'énerver et se tira une chaise au bout de la table. Il regarda Winnie sortir la théière, l'observa ouvrir l'armoire et en sortir deux grandes tasses *détamées* d'avoir trop longtemps servi. Sans se presser, la femme s'étira sur la pointe des pieds pour atteindre une boîte de fer blanc bien en vue sur une étagère clouée haut sur le mur. La boîte contenait des feuilles de thé du Labrador. Winnie en retira précieusement deux cuillerées combles et les déposa dans la théière, puis vint s'asseoir à la table, tout près de son visiteur inattendu.

Comme elle, Simon attendit patiemment.

Le silence s'installa dans la pièce.

Jusqu'à ce que la bouilloire se mette à siffler sur le poêle de Winnie Barnaby.

La maison avait un je-ne-sais-quoi d'irréel. Une demeure qui n'avait pas traversé le temps et qui semblait tout droit surgie du siècle passé. Une maison tout en bois, à l'extérieur comme à l'intérieur. Pareil pour les plafonds, les murs et les planchers. Dans les combles, deux poutrelles tapissées de clous sur lesquels pendaient toutes sortes d'herbages mis à sécher. Sur les rebords des fenêtres, des douzaines de pots ensemencés d'herbes médicinales. Dans la cuisine, bien peu de meubles. Une grande table ronde, entourée de six chaises avec des sièges en babiche, une berceuse, un poêle à bois Bélanger pour la cuisson, un coffre rempli de rondins comme dans l'ancien temps.

L'eau bouillie fut vidée dans la théière et l'interminable attente silencieuse se poursuivit jusqu'à ce que Winnie verse avec précaution le thé infusé.

En tendant l'une des tasses à Simon, la femme se mit à lui expliquer les vertus du thé du Labrador qui avait supposément des propriétés calmantes et de nombreuses vertus thérapeutiques.

« Je les cueille moi-même. Dans le marais, poursuivit-elle. Ces plantes aiment les milieux humides. Ensuite, je les mets à sécher. Non pas au-dessus d'un feu ni dans le four. Trop précipitée comme méthode d'assèchement, ajouta-t-elle. Moi, je place bien délicatement les feuilles ainsi que des morceaux de tige et d'écorce sur une moustiquaire et je les mets à sécher. Lentement. Au soleil. »

La femme but une première gorgée qu'elle fit tournoyer dans sa bouche avant de l'avaler.

Simon n'avait cure du thé du Labrador et de ses vertus. Il n'en pouvait plus d'attendre. Il savait toutefois que la politesse demandait qu'il déguste sa boisson à petites gorgées. La véritable conversation ne reprendrait qu'une fois ce rite accompli. Et, plus que personne, Winnie Barnaby n'était pas du genre à faire fi des traditions.

« C'était moi », reprit enfin la femme.

Simon écarquilla les yeux et ouvrit toutes grandes ses oreilles.

« C'était bien moi, répéta Winnie. Mais je ne faisais qu'obéir au vieux père Anselme. Tu l'ignores peut-être, mais cet été, il était cloué à son lit. Le pauvre homme. Ses jambes ne le portaient plus. Pareilles à de la guenille. En lavant le carreau de la fenêtre, je t'ai aperçu et je lui ai mentionné ta présence dans le cimetière. Tu avais l'air d'une fouine, que je lui ai dit, trottinant d'une tombe à l'autre, semblant chercher désespérément quelque chose. »

Winnie porta la tasse de thé à ses lèvres et en avala quelques gorgées par petits coups successifs. De sa main gauche, elle tapota son torse, enlevant du revers de la paume les quelques feuilles de thé tombées sur son tablier à bavette. Le rayonnement chaud du poêle gagnait la pièce. La femme s'essuya le front où perlait sa fatigue du jour.

« Je sais ce qu'il cherche, m'a alors répondu le père Anselme. Mais il ne le trouvera pas dans le cimetière. Et je crois qu'il doit savoir… Montre-lui la direction à suivre, qu'il m'a dit. Pointe-lui du doigt l'endroit où il trouvera. De l'autre côté de la clôture. À l'orée du bois. »

Winnie continua de siroter son thé et Simon d'attendre qu'elle poursuive. Mais Winnie n'était

     Le silence de la Restigouche

pas pressée. À ce rythme-là, il leur faudrait sûrement emplir de nouveau la théière.

L'horloge grand-père marquait les secondes de son tic-tac régulier. Le feu qui crépitait toujours dans le poêle faisait une jolie musique d'arrière-fond. Un rayon de soleil perça à travers le rideau tissé de la fenêtre et darda Simon dans les yeux, l'obligeant à les fermer quelques secondes. Lorsqu'il les ouvrit, il vit un gros matou gris plomb sortir de sous le poêle Bélanger. L'animal ne semblait guère plus pressé que sa maîtresse. Il prit le temps de s'étirer en une longue séance de yoga avant d'aller flairer quelques minutes du côté de Simon. Puis, il s'installa devant la porte d'entrée en fixant Winnie de ses gros yeux jaunes jusqu'à ce que cette dernière daigne lui ouvrir la porte. Toujours avec la même lenteur, Winnie se dirigea ensuite vers le poêle et leva le couvercle d'une grande marmite où mijotaient des fèves au lard.

N'en pouvant plus d'attendre, Simon prit la parole.

— Dites-moi ce que cachent ces grandes pierres que j'ai découvertes de l'autre côté du cimetière et dites-moi, Winnie, qu'est-ce que signifient les initiales gravées dessus ?

— Ah, ça… ce n'est pas à moi de te le dire.

— C'est à qui, d'abord, s'écria Simon ?

— C'est à ceux qui les ont posées là, ces pierres, de te dire ce qu'elles cachent. Et à ceux qui ont gravé dessus de t'informer de la signification des écritures.

— Mais c'est que personne ne veut rien me dire, s'impatienta Simon.

— C'est peut-être parce que le passé appartient au passé. Moi, je ne peux pas te parler du passé…

mais je peux te parler de l'avenir. Donne-moi ta main pour voir...

Simon n'était pas venu chez elle pour se faire dire la bonne aventure et c'est à contrecœur qu'il lui tendit sa paume. Winnie examina attentivement les sillons dessinés dans la chair, se ferma les yeux puis, de son doigt, se mit à suivre les tracés dans la main de Simon.

« Je vois que tu t'en vas en ligne droite dans les pas de ceux qui sont passés avant toi. Exactement dans les mêmes traces, répéta-t-elle. Les mêmes bonheurs... les mêmes malheurs. Mais je vois que pour toi, la fin sera différente. Oui, elle sera tout autre.

« J'y vois aussi comme une grande lumière. On dirait une aurore boréale », enchaîna Winnie dans un seul et même souffle.

— Une aurore boréale ? questionna Simon, abasourdi par le mot précisément choisi par la vieille femme. Qu'est-ce que tout cela signifie ?

— Je ne sais pas exactement. Mais ça semble de bon augure. Maintenant, je dois aller à ma besogne. Merci d'être venu me voir, termina Winnie.

Déçu de ne pas en savoir plus, Simon tenta encore une fois sa chance en s'informant du prochain retour du père Anselme dans la réserve.

Winnie marcha jusqu'à la porte, signifiant poliment à son visiteur qu'elle n'avait plus rien à ajouter. En ouvrant, elle mit sa main sur l'épaule de Simon, marqua une pause, se pencha en avant en baissant la voix.

« C'est qu'il est décédé la semaine dernière, le pauvre ! »

Simon soupira. Ses espoirs de connaître un jour la vérité venaient de s'écrouler.

11

L'hiver est long dans le pays de Simon. La neige arrive tôt et n'est jamais pressée de partir. Heureusement qu'il y a le hockey pour passer le temps et réchauffer les corps et les esprits.

Comme au football, Simon excelle dans ce sport de glace. Ayant choisi de poursuivre ses études à Québec, il sait que sa place lui sera assurée s'il réussit à être sélectionné pour faire partie de l'équipe sportive universitaire. Cette saison-là, son objectif bien visible dans sa mire, Simon met toutes ses énergies dans les études et le sport. Il a bien peu de temps pour Meaghan... ou pour Isabelle.

Avec l'arrivée du printemps, le cœur de Simon se remet à battre. À croire qu'il l'avait mis en hibernation et qu'il le laissait maintenant sortir de sa tanière. À la manière des ours, des ratons laveurs et des marmottes. Il faut dire qu'avec l'arrivée du soleil printanier, les deux femmes qui occupaient son esprit lui parurent encore plus belles que jamais.

Meaghan avec son sourire désarmant; Isabelle avec sa luminosité éclatante.

L'hiver se retira peu à peu, sur la pointe des pieds. La neige repartit comme elle était venue. Avril et mai se chargèrent de réchauffer la terre. Et la saison du hockey était maintenant chose du passé. En plus d'avoir remporté le tournoi, Simon avait été nommé le joueur le plus utile à son équipe. Les examens de fin d'année approchaient à grands pas et les résultats obtenus par Simon en cours d'année assuraient son admission à l'université.

En ce beau midi de juin, une agréable surprise attendait Simon sous le grand pin. Isabelle y était déjà lorsqu'il s'y pointa. Belle comme un soleil dans sa robe légère. Elle salua Simon d'un mouvement de tête et ses longs cheveux valsèrent avec le vent. Simon en perdit parole et appétit.

— Tu vas au bal des finissants ?

— Je ne danse pas vraiment.

— Et la musique, tu n'aimes pas non plus ?

— J'aime la musique que fait l'eau dans les rapides, celle du vent dans les peupliers…

— Je ne savais pas que j'allais dîner avec un poète ce midi.

Isabelle riait de bon cœur et jouait de tous ses charmes. Simon ne se lassait pas de la regarder.

« Mais qu'est-ce que tu vas faire le soir de la graduation ? »

— Je vais aller me baigner à la rivière. Au clair de lune.

— Où ça ?

— À la Pointe-aux-Outardes.

— Je pourrais y aller aussi ?

Jamais l'expression « sauvé par la cloche » ne s'avéra aussi pertinente que ce midi-là. Pris en étau entre son envie folle de voir Isabelle Bouchard venir le rejoindre pour une baignade au clair de lune et sa loyauté envers Meaghan, Simon se leva prestement au son de la cloche et laissa flotter dans l'air du temps la question d'Isabelle.

Tout l'après-midi, il se traita d'idiot. Pourquoi avait-il laissé passer pareille occasion ?

Ce soir-là, une fois couché, il se prit à rêver au corps d'Isabelle glissant doucement dans la rivière, sa blonde chevelure parée de gouttelettes d'eau.

*

La cérémonie de fin d'études se déroula trop lentement au goût de Simon. Un après-midi très empesé, des gradins remplis de dignitaires, des discours s'allongeant au rythme d'un protocole ennuyeux. Simon fut dans les premiers de sa promotion et son diplôme portait la plus haute mention : « Très grande distinction ». Mais ce n'est que lorsqu'on lui attribua la bourse d'études et sports de l'Université que ses yeux s'illuminèrent de fierté.

Sur l'estrade, plus radieuse que jamais dans sa toge bleu poudre, Isabelle lui souriait à pleines dents. Dans la salle, Meaghan le dévorait des yeux.

Les dernières notes de musique annonçant la fin de la cérémonie étaient à peine entamées que Simon filait déjà vers la sortie.

Ses parents célébrèrent le succès de leur fils cadet autour d'un souper soigneusement préparé par Pamela. Bien sûr, Billy et Meaghan étaient de la partie. Les conversations étaient joyeuses et tout allait bien. Seul Simon semblait ailleurs et ne cessait de regarder sa montre.

« Irait-il à la Pointe-aux-Outardes ce soir ? Isabelle viendrait-elle l'y rejoindre ? »

– À quoi penses-tu, Simon, questionna Meaghan. Tu m'as l'air bien songeur pour un gars qui devrait plutôt avoir le cœur à la fête.

– Quoi ? demanda Simon.

Meaghan n'était pas sotte. Cet après-midi, elle avait remarqué les fréquents échanges de regards entre Isabelle et Simon. Les yeux de son amoureux balayaient trop souvent les estrades du côté où se tenait la belle blonde.

Contrariée, Meaghan simula un malaise pour partir tout en souhaitant secrètement que Simon insiste pour la garder auprès de lui.

Mais Simon ne la retint pas.

Aussitôt les autres invités partis, Simon gagna sa chambre et s'étendit sur le lit, tout habillé. Cette chambre qu'il avait longtemps partagée avec son frère Louis lui parut tout à coup bien vide. Aujourd'hui plus particulièrement. Comme il aurait aimé discuter avec son grand frère : la joie d'avoir terminé ses études secondaires ; son prochain départ de la maison pour l'université ; ses sentiments partagés entre Meaghan et Isabelle.

Ses parents, son grand-père, ils voyaient la vie sous un autre angle, celui des adultes. Son frère, lui, il aurait trouvé les mots justes. D'autant plus qu'il lui avait toujours été de bon conseil. Trois ans déjà qu'il était parti. Et impossible ce soir de le joindre… en Afghanistan.

Louis avait choisi l'armée qui lui avait payé de brillantes études en aéronautique. Et voilà qu'en retour, il devait contribuer à l'État en donnant l'équivalent de ses années d'études en années de service. Conduire des avions de guerre en Asie faisait partie de son rêve.

La lune vint s'immiscer dans les réflexions de Simon. Ronde et argentée comme une pièce de monnaie toute neuve, elle se pointa dans le carreau de la fenêtre, dessinant un chemin lumineux sur le plancher de la chambre.

La lune apportait avec elle une invitation à laquelle Simon ne sut résister une seconde de plus.

La baignade.

Isabelle !

Le clair de lune.

Simon attrapa son gilet de laine et, comme un loup, il répondit à son irrésistible appel.

À la Pointe-aux-Outardes, la rivière était aussi limpide que de l'eau de source. Le ciel était cousu d'étoiles et un vent léger faisait chanter les feuilles des peupliers. Une soirée parfaite. D'un pas décidé, Simon gagna la rive, fit les cent pas sur la berge, puis finit par s'asseoir sur une pierre qui baignait dans l'eau. Encore une fois, il admira la beauté singulière de ce lieu où il s'était si souvent réfugié. C'était son refuge secret, son point de repère assuré.

Chaque fois qu'une voiture se faisait entendre au loin, le cœur de Simon faisait des bonds.

Et si c'était elle...

Si elle venait réellement à ce rendez-vous...

Une loutre vint flairer du côté de Simon, contournant avec suspicion la roche et son occupant. Aux environs de 23 h 30, il entendit des crissements de pneus. Cette fois-ci, une voiture approchait réellement. Son cœur aurait eu besoin d'un métronome pour retrouver son rythme lorsqu'il entrevit la silhouette d'Isabelle se dessiner dans un rayon de lune.

Simon se leva et alla au-devant d'elle.

Isabelle tremblait. Lui aussi.

Il la prit par la main et la conduisit jusqu'à la berge.

L'eau de la rivière était froide mais leurs cœurs, de feu.

12

Meaghan allait fermer le rideau lorsqu'elle aperçut la lune. Grosse et ronde comme un ventre de femme enceinte.

Un étrange malaise la traversa. « Comme c'eût été une belle soirée d'amoureux, songea-t-elle. » Simon allait bientôt partir pour l'université. Avant qu'il ne s'éloigne, elle aurait tant voulu lui prouver son amour.

Pour qu'il ne l'oublie pas.

Et, surtout, pour qu'il lui revienne à la moindre occasion.

Elle allait justement lui écrire un mot pour s'excuser de son départ précipité de ce soir lorsqu'un message s'afficha sur l'écran de son portable.

C'était lui.

C'était son Simon, elle en était certaine.

Sans même regarder de qui lui provenait le message, elle l'ouvrit avec empressement et dévora des yeux les quelques mots inscrits :

Viens vite me rejoindre au vieux camp de Billy. Je t'aime. Simon.

13

Les nuits de pleine lune peuvent être aussi suaves que funestes.

Pour Simon et Isabelle, elle fut divine. Pour Meaghan et les loups qui lui avaient donné rendez-vous, elle fut diabolique.

14

Au bout de la corde, le corps de la fille balançait.

Sa robe bleue largement déchirée à l'encolure. Ses genoux éraflés, ses poignets et ses chevilles encerclés de contusions. Sa tête penchée vers l'avant, molle comme celle d'une poupée de chiffon.

Aucun signe de vie. Pas un seul mouvement perceptible sinon celui causé par le vent qui faisait danser sa longue chevelure noire dans la lumière du petit matin.

Une scène à glacer le sang !

Le chef de police, fraîchement débarqué sur les lieux, jeta un regard désabusé aux alentours. Puis, il se racla longuement la gorge comme pour se donner une contenance.

— Ne touchez à rien. Laisse-la tranquille, hurla-t-il à l'agent déjà affairé aux alentours de la fille.

— Il faut bien lui porter secours, chef.

— Tu vois bien qu'elle est déjà... partie depuis un certain temps. Organise-toi plutôt pour trouver des indices avant qu'il ne soit trop tard.

Les rayons du soleil commençaient à poindre entre les branches pleureuses des saules. De grands pans d'écorce détachés du tronc des bouleaux dressés au garde-à-vous le long de la rivière voletaient ici et là, au gré du vent. Un peu plus loin, de longues volutes de fumée s'échappaient des décombres du vieux camp en bois rond, montaient au ciel comme une prière que personne n'avait daigné écouter.

Les pompiers appelés sur les lieux ne serviraient pas à grand-chose. La charpente était déjà en cendres.

– Y a-t-il des témoins ? Quelqu'un qui aurait vu, entendu quelque chose ?

Le chef avait beau s'époumoner, personne ne répondait. Un silence d'église régnait sur la scène du drame. Même les oiseaux s'étaient tus. Par respect pour la défunte, peut-être. Seul le clapotis de la rivière se faisait entendre en sourdine, comme une berceuse.

À l'aube de ce même matin, bien avant l'arrivée des policiers, Billy Vicaire descendait la rivière en canot. Au tournant du pont de fer, il a tout de suite remarqué un détail inhabituel dans ce coin de paysage qu'il connaissait par cœur. C'était le grand bouleau fourchu faisant face à son vieux camp de pêche. Il était orné d'une bien sinistre décoration. Un corps humain suspendu à l'une de ses branches.

Billy bifurqua rapidement en direction de la rive et s'approcha jusqu'à ce qu'il distingue le visage de l'infortunée. Son vieux cœur de quatre-vingts saisons faillit s'arrêter.

C'est qu'il la connaissait bien, cette fille !

« Pas encore une fois », s'indigna-t-il en serrant les dents à s'en mordre les lèvres.

Billy Vicaire ressentit une douleur aiguë à l'estomac. Sa poitrine se contracta. Mais c'est surtout pour Simon que son cœur se serra davantage.

15

Simon demeura muet jusqu'au jour des funérailles de Meaghan.

Ni ses parents, ni Billy ne réussirent à le faire sortir de son mutisme.

Au cimetière, il suivit l'urne de Meaghan et déposa un bouquet de fleurs des champs sur sa dépouille lorsqu'on la mit en terre. Pendant que tout le monde se regroupait au sous-sol de l'église pour réconforter la famille endeuillée, Simon quitta les lieux avec empressement et descendit jusqu'à la rivière. Ce n'est qu'une fois rendu là qu'il laissa libre cours à son chagrin, pleurant sans retenue toute sa peine.

Il attrapa une poignée de cailloux qu'il lança de toutes ses forces dans le courant en rugissant comme un lion. Puis, il décocha plusieurs coups de pied contre le rocher jusqu'à ce qu'une tache rouge apparaisse au bout de son espadrille. Il ramassa ensuite des roches de plus en plus grosses et les lança encore et encore à bout de bras en hurlant jusqu'à ce qu'il soit hors d'haleine. Il se laissa tomber sur la grève, complètement vidé. C'est là, visage contre terre qu'il laissa la peine prendre le dessus sur la colère. Il pleura des heures durant. Puis, comme le vent en fin de journée, ses sanglots diminuèrent d'intensité. Sa respiration commença à reprendre un rythme plus régulier.

Et le calme intérieur finit par revenir. Comme une éclaircie après un orage interminable. C'est à

Le silence de la Restigouche

ce moment-là qu'il prit sa décision. Aussitôt rentré à la maison, il en informerait sa famille.

Lorsqu'il regagna sa demeure ce soir-là, Simon y trouva Billy, Lester et Pamela. Tous les trois attablés autour d'une théière. Sitôt la porte refermée derrière lui, Simon leur cracha au visage sa colère, sa douleur et son incompréhension. Des relents de l'orage de cet après-midi refaisaient surface.

— Pourquoi ne m'avez-vous rien dit ? Pourquoi m'avoir caché la vérité ? Pourquoi ne pas m'avoir révélé le fin fond de ces histoires de malheurs qui s'acharnent sur nous lorsque nous approchons des Bouchard ? À force de me laisser dans l'ignorance, j'ai suivi les mêmes traces que vous...

« Winnie, la vieille Winnie me l'avait pourtant prédit.

« Et voilà que Meaghan en est morte de chagrin. À cause de moi. À cause d'Isabelle. À cause de votre maudit silence. »

— Calme-toi, Simon, tenta de le raisonner Billy en lui posant doucement la main sur l'épaule.

Mais Simon était dévasté. D'énormes sanglots lui secouaient à nouveau la poitrine, rendant difficile le passage de ses mots. Encore une fois, il sentait monter en lui une colère sourde, doublée d'un immense chagrin.

— Je me sens responsable, si immensément responsable...

— Ça ne sert à rien de tout prendre sur ton dos, Simon. Dans un sens, nous sommes tous responsables, trancha Billy.

Du revers de la main, Simon repoussa la tasse de thé que sa mère essayait de lui tendre pour le calmer un peu. La porcelaine se brisa sur le carrelage et le liquide chaud éclaboussa les poils du chien qui disparut aussitôt dans une autre pièce. Simon continuait de crier sa souffrance, tentait de communiquer son indignation du mieux qu'il pouvait.

Mais il suffoquait.

La peine l'étouffait.

Il ne survivrait pas s'il ne trouvait pas d'oxygène. Il savait qu'il n'avait d'autre choix que de prendre l'air. Le grand air... cette fois.

Blême, Lester fixait le sol en bredouillant quelques excuses. Ce n'était pas l'envie qui lui manquait de troquer son thé pour une bière. Une pleine caisse de bière! Mais le moment était mal choisi. Il aurait bien voulu consoler son fils, le prendre dans ses bras, le bercer comme quand il était tout petit. Mais il y avait trop longtemps qu'il avait enfoui au fin fond de lui ce geste de tendresse. Cloué sur place, tout ce qu'il ressentait restait prisonnier de son corps. Il savait pourtant ce que son fils traversait... pour l'avoir lui-même vécu...

Pamela pleurait à chaudes larmes en répétant qu'elle aurait dû le trahir, ce maudit secret qui les empoisonnait tous. Chacun à tour de rôle.

Et Billy restait là.

Immensément triste.

Infiniment impuissant.

Si seulement il avait parlé à Simon... pendant qu'il était encore temps. Il avait bien tenté, à quelques occasions, de l'informer du danger qui le guettait. Il lui avait bien raconté la légende de l'oie et de la bernache... Sûrement qu'il aurait dû être un peu plus précis, se reprochait-il. La seule idée d'envisager le départ possible de son petit-fils le laissait sans voix.

– Viens avec moi, Simon, finit-il par articuler. Allons passer la nuit au camp tous les deux. On verra plus clair dans tout ça demain matin…

Ce n'est que lorsqu'il eut prononcé sa funeste phrase qu'il réalisa sa bévue.

– Le camp ? Quel camp ? En cendres, le camp ! Comme Meaghan, explosa Simon en claquant la porte une fois de plus.

Simon passa la nuit à la Pointe-aux-Outardes. Se recroquevilla sous un sapin, à la belle étoile. Il avait la tête lourde de réflexions, de suppositions et de remises en question. Il était épuisé, n'avait plus d'énergie à force d'alimenter le feu rageur qui brûlait en lui. Au petit matin, il plongea dans la rivière pour essayer de se sortir de sa torpeur. C'est là, au même endroit où son corps avait rencontré celui d'Isabelle, où sa peau s'était collée à la sienne que la conclusion lui parut limpide.

« Les oies blanches ne s'accouplent pas avec les bernaches. »

Ce n'est pas qu'il avait mal compris les paroles de Billy. C'est seulement qu'il n'en avait aucunement soupesé toute la portée.

Et maintenant, il était trop tard. Le mal était fait. Il se devait d'y faire face.

Après les événements des derniers jours, leur amour à Isabelle et lui ne serait plus possible. Dans sa tête, il dit adieu à Isabelle. Dans son cœur, l'inévitable décision prendrait un peu plus de temps à s'imposer.

*

À l'aube, une fois la tempête quelque peu éloignée, il retrouva sa maison, ses parents et son grand-père. Il leur expliqua qu'il devait absolument s'éloigner de cette réserve. Cet enclos qui les tenait à l'écart de tout.

« À l'écart des autres, à l'écart des Blancs, à l'écart du monde entier », lâcha-t-il dans un seul et même souffle.

– Je dois partir.

– Mais non. Tu peux rester, tenta Billy. Je t'aiderai... à oublier.

– Je dois partir.

– D'abord, Louis. Puis, toi... gémit Pamela, alors que Lester demeurait stoïque, vidé de tous ses mots.

– Je dois partir... si je veux pouvoir revenir un jour, finit par ajouter Simon avec une irrévocable détermination qui ne laissait planer aucun doute sur ses intentions.

Sa décision était prise. Il allait faire comme Louis. Prendre le large, le temps de cicatriser ses blessures et de laisser sa culpabilité s'amoindrir. En regardant son grand-père dans les yeux, il rajouta, comme pour s'expliquer davantage : « Et puis... vivre dans la réserve juste à côté des Barnaby... sans la présence de Meaghan... je ne pourrai plus. »

16

Il y a des décès qui remuent ciel et terre. Rarement c'est le cas lorsqu'il s'agit d'un Autochtone.

Une autre mort dans une réserve.

Une autre mort d'Indien.

Pas d'amoncellements de fleurs au salon funéraire. Pas d'éloges funèbres enflammés à l'église. Pas de reportage télévisé au journal du soir. Qu'un silence quasi absolu, entrecoupé çà et là des reniflements de Brenda-Lee. La pauvre femme tentait de retenir au fond de sa gorge de longs sanglots convulsifs qui lui soulevaient la poitrine à intervalles réguliers.

Une cérémonie beaucoup trop sobre pour les funérailles d'une si jolie jeune fille. « Mourir lorsqu'on est en fleur, commença le père Boudrault, la gorge nouée, il faut avoir la foi pour accepter ça. »

En tout et partout, la cérémonie dura une heure. Une petite heure, à peine, de recueillement ponctué par les prières émouvantes du père Boudrault. Dans l'église, un peuple en deuil qui, une fois de plus, encaissait silencieusement le départ précoce de l'une des leurs.

C'était d'une tristesse à faire pleurer les pierres.

Assis au dernier rang, Simon était livide.

Et le lendemain, le soleil continua de se lever. La vie se remit à tourner.

Les manchettes locales firent état d'un suicide apparent. Un acte désespéré commis par une jeune fille à la suite de la trahison de son amoureux.

« *Un suicide de plus dans la réserve* », avait titré le journal régional. On y faisait allusion à l'état dépressif de la mère et on laissait vaguement sous-entendre que la fille en avait hérité. Ce qui était totalement faux, s'insurgeait le père de Meaghan. Malmenée, peut-être, mais sa fille n'était absolument pas dépressive. « Maudit journal de Blancs », s'était-il emporté.

Le décès de Meaghan Barnaby fit l'objet d'une bien courte enquête policière. Le dossier fut prestement clos et rangé sur une tablette.

*

Comme il l'avait annoncé, Simon fit sa valise et mit le cap sur Québec. Rendu à destination, il fut accueilli au monastère des pères Capucins qui l'hébergèrent sur recommandation de Billy et du père Boudrault.

Il s'y trouva un emploi d'été jusqu'à la rentrée universitaire, travailla comme un forcené et multiplia les heures supplémentaires. Le soir, il rentrait exténué, prenait un léger souper et se jetait sur le lit sans même prendre le temps de se débarbouiller.

L'été fut long, terne et interminable.

Simon traînait sa peine comme un boulet, effectuait mécaniquement son travail et passait la moitié de ses nuits les yeux grands ouverts. À pleurer Meaghan. À chasser Isabelle de ses rêves.

Heureusement pour lui, septembre finit par arriver. Avec les grands vents d'automne peut-être que s'envolerait aussi une partie de sa peine, de son chagrin et de ses remords. L'entrée universitaire avec toutes ses exigences remit peu à peu Simon sur les rails. Il se jeta corps et âme dans les études et les sports avec une ardeur qui eut tôt fait d'impressionner ses professeurs et ses entraîneurs sportifs.

En octobre, les oies blanches et les outardes quittèrent le pays une à une. Le cœur serré, Simon les regarda passer au-dessus du fleuve, les écouta religieusement cacarder leur mélopée.

Ses allers-retours à la réserve se firent brefs et rares.

Il ne revit pas Isabelle, ne répondit à aucun des efforts qu'elle mit pour tenter de le joindre.

Une année passa, puis une deuxième.

Et une autre encore…

BILLY, SIMON ET MOI

17

Il pleut des cordes.

Le petit avion s'est posé sur le tarmac comme un oiseau qui a du plomb dans l'aile. Violemment secoué par un fort vent du noroît, l'appareil a finalement touché terre, à mon plus grand soulagement.

À peine le nez dehors, le vent m'arrache le foulard du cou et me fait comprendre qu'il fera de même avec mon parapluie si jamais je m'avise de l'ouvrir.

L'agent responsable des bagages peine à pousser son chariot jusqu'au petit escalier suspendu à la porte de l'appareil.

— Vous n'êtes pas venue pour pêcher, j'espère ? me lance-t-il à la blague, en me tendant mon étui à perche tout détrempé.

— Vous êtes un expert en devinettes, lui répondis-je bêtement, sans la moindre envie de sourire.

Je maugrée entre les dents : « Quel idiot ! Ça se voit à l'œil nu qu'il sera très difficile de pêcher. Pas besoin d'en remettre. »

Pour me protéger contre la pluie qui tombe dru, je cours jusqu'à l'entrée de l'aéroport ou enfin... à ce qui en tient lieu. Une espèce de hangar isolé au fond d'un champ dont les murs décrépits auraient grand besoin de se refaire une beauté.

En atterrissant, nous avons survolé la rivière. J'ai bien vu qu'en plus d'être très haute, l'eau était d'un brun rougeâtre à cause de toute cette boue qui ruisselait des montagnes. Des conditions on ne peut plus défavorables pour une partie de pêche. Malgré tout, je m'accroche et ne perds pas tout à fait espoir. Les tempêtes d'été sont parfois surprenantes ; elles peuvent s'éloigner aussi vite qu'elles se sont pointées. « Vivement une bonne nuit de sommeil ! Demain sera un autre jour, me dis-je, en tentant de me convaincre qu'un meilleur scénario me surprendra peut-être à l'aurore. »

Demain est devenu aujourd'hui.

Et il est absolument pareil à hier. Sinon pire.

Il n'était pas cinq heures ce matin que le téléphone m'a réveillée. C'était mon guide.

— Le niveau de l'eau est trop haut, personne ne pêchera aujourd'hui… ni demain. Trop dangereux, qu'il me dit.

— Vous n'êtes pas sérieux ?

— Désolée, ma p'tite dame.

Le « ma p'tite dame » était vraiment de trop. Je me suis emportée.

— Mais vous auriez pu me prévenir qu'il allait faire tempête. Je n'aurais pas fait toute cette route.

— Imprévisible, la nature. Il faut faire avec. Même lorsqu'on vient de la grande ville.

Je fulmine. Pourquoi diable ai-je quitté mon confort pour venir pester dans cette jungle déchaînée ? Pourtant, il y a longtemps que je l'attendais, cette escapade en pleine campagne.

Traductrice pour diverses maisons d'édition, je traduis de l'anglais au français, des romans ou des essais. Je signe également une chronique littéraire mensuelle dans une revue à bon tirage. Il ne serait pas exagéré de dire que je fais dans la démesure lorsqu'il s'agit de cumuler les heures supplémentaires. Mon travail en est un de solitaire. Et après une année passée le plus souvent seule, enfermée dans ma tour avec des mots et un clavier d'ordinateur comme uniques collègues, j'ai besoin de prendre l'air. Heureusement qu'il y a les vacances !

J'ai bien quelques amis avec qui je sors les fins de semaine. J'ai aussi des parents, bien sûr, mais ils vivent passablement loin. Ou plutôt, c'est moi qui habite dans un pays autre que celui qui m'a vue naître. J'adore mon travail, mais New York et moi ne faisons pas toujours bon ménage. Les grands espaces me manquent et l'appel de la nature se fait souvent sentir.

Par vagues, par touches successives.

C'est viscéral.

L'hiver, ça peut encore aller. La grande ville m'est supportable. Mais sitôt que se pointent les beaux jours, je réserve inévitablement mon séjour de pêche.

Native de la région de la Restigouche, c'est habituellement avec le plus grand des plaisirs que j'effectue ce retour au pays de mon enfance. J'y reviens chaque été aussi assidûment qu'un retour d'hirondelles. C'est également dans cette région que, dans un calme absolu et très loin du tumulte de la grande ville, je pratique mon sport favori : la pêche au saumon sur les majestueuses rivières Restigouche et Matapédia.

Malheureusement, le seul constat auquel j'en arrive ce matin, c'est que les parties de pêche se suivent et ne se ressemblent guère.

Il faut dire que, cette année, je suis partie en catastrophe sans prendre le temps de vérifier la météo des prochains jours, ni même d'aviser personne.

Tous ces contretemps ne font qu'accentuer mon humeur déjà maussade. Je me sens exactement comme la rivière. Furieuse et sortie de mes gonds.

La Restigouche est entrée dans une sainte colère et ne cesse de se donner en spectacle. Par la fenêtre, je l'observe depuis très tôt ce matin. Grondant, craquant, rugissant, le cours d'eau déverse son débit torrentiel sur les berges, retournant tout sur son passage. Roches et cailloux déménagent contre leur gré ; balbuzards et sauvagines se tiennent à l'abri, juchés qu'ils sont sur les hauteurs des peupliers.

Drôlement déçue de la tournure des événements, j'en conclus qu'il ne me reste qu'à aller constater les dégâts de plus près. Je me rends donc au pont et me mets à surveiller le large trait noir incrusté sur un des piliers, marque indiquant le point atteint par la plus haute montaison jamais constatée à ce jour.

Bottée et casquée comme un pompier, je m'approche du pont en essayant tant bien que mal de me protéger contre la pluie torrentielle et le vent qui souffle en rafales. La pluie tombe en diagonale, poussée par un vent vif qui ne cesse d'augmenter d'heure en heure. Le taux d'humidité frôle sa limite. Rarement l'eau de la rivière n'a atteint pareil niveau. Au printemps, lors de la fonte des neiges, peut-être. Mais jamais en plein milieu d'août.

Frigorifiée, je remonte bien haut la fermeture éclair de mon anorak et resserre fermement sous le menton les courroies de mon Tilley.

La tempête suinte de partout. Des vagues hautes comme les blés sauvages ceinturant la rivière, de l'eau boueuse qui éclabousse de brun les pierres moussues de la berge, des arbres couchés les uns sur les autres, comme enlacés pour se protéger du vent cinglant venu du nord.

Encore plus fougueuse que dans la matinée, la rivière est maintenant d'une humeur massacrante et étale sur toute sa longueur sa robe sombre des mauvais jours. Dans son accès de folie passagère, le torrent tumultueux crache sur les terres basses d'incroyables quantités de débris charriés par des eaux en furie.

Sa houppette mouillée au vent, un grand harle esseulé survole la rivière en rase-mottes, visiblement pressé de s'éloigner des lieux. Un instant, je quitte la rivière des yeux pour mieux l'admirer.

C'est alors que je l'aperçois.

Un géant dont la tête émerge au-dessus de la foule agglutinée aux abords de la rivière.

« Mais je le connais cet homme ! Une tête comme celle-là, il n'en circule pas des milliers à la ronde », me dis-je. Un profil découpé au canif, des pommettes bien saillantes, des yeux vifs comme ceux d'un cerf aux aguets. Mais ce qui le distingue d'entre tous, c'est sa chevelure hirsute, blanche et gonflée comme une meringue. Une tignasse unique et si indisciplinée que le vieux chapeau tout piqué de mouches à pêche qui la couvre arrive à peine à contenir.

Pour l'avoir vu nombre de fois en photo, je devine que c'est lui. Peu de personnages détonnent ainsi au beau milieu d'un groupe. Plus grand, plus fort, plus imposant que les autres, l'homme dans ma mire est un galet sur une plage de sable fin. En l'approchant, je constate qu'il a beaucoup vieilli, mais il est encore bien droit debout.

En regardant une seconde fois, mes derniers doutes s'estompent : c'est bien lui.

Juste là. Devant moi.

Nul autre que Billy Vicaire en personne !

18

Jim Barnaby avait bien des défauts, mais il n'avait rien d'un lâche.

C'est surtout qu'il n'y avait jamais cru à cette rapide conclusion du suicide de sa fille. Ou peut-être ne voulait-il pas y croire. Peut-être aussi qu'il se sentait coupable de l'avoir tant talochée, sa Meaghan. Pourtant il l'aimait, sa fille unique, mais ne savait pas toujours exprimer ses sentiments de façon adéquate.

Né dans une famille de dix enfants où père et mère étaient alcooliques, c'est à coup de gifles qu'il avait lui-même grandi. Sans respect, sans marque d'affection, sans amour. Plus le temps passait, plus il sentait monter en lui une colère sourde qui grondait comme un tonnerre après le départ de sa fille unique. Il en rêvait la nuit, faisait des cauchemars dans lesquels le fantôme de Meaghan venait le hanter. Ces derniers temps, c'était même en plein milieu du jour qu'il croyait l'apercevoir derrière le comptoir du magasin, au bout de la table de la cuisine, à l'arrêt de l'autobus scolaire. Pourtant, il avait diminué sa ration quotidienne d'alcool et prenait un peu plus soin de sa santé. N'eût été de son maudit orgueil, il serait allé consulter le psychologue pour l'aider à passer au travers de cette mauvaise passe.

Faire son deuil de Meaghan ne serait pas une mince affaire. Depuis trois ans, il se rendait régu-lièrement au poste de police pour vérifier s'il y avait du nouveau au sujet de son décès. Et toujours la même sempiternelle réponse : l'enquête était terminée, le dossier était classé.

Au matin du troisième anniversaire de la mort de Meaghan, Jimmy Barnaby prit enfin la décision qu'il se reprochait de ne pas avoir prise plus tôt. Il se jura de faire la lumière sur le décès de sa fille. Jamais il n'avait pu concevoir qu'elle ait pu s'enlever la vie. Quelque chose clochait. Un détail manquait au tableau. Il en était convaincu. Aussi têtu qu'une mule, il entreprit de se mettre lui-même à l'œuvre puisque les policiers ne semblaient pas vouloir l'aider. Il décida de faire le tour des réserves jusqu'à ce qu'il déniche un enquêteur de renommée. C'est pourtant ailleurs qu'il trouva celui qu'il considéra comme le sauveur de l'honneur familial. L'homme, un grand gaillard à la tête quasi chauve, était assis au même comptoir que lui dans un petit café perdu le long de l'autoroute. « Jeremy Wilmot, qu'il s'est présenté. Enquêteur-détective indépendant. »

De fil en aiguille et de café en café, c'est à lui que Jim Barnaby confia toute son histoire. Ne regardant pas à la dépense, il le mandata de chercher des preuves qui feraient justice à une jeune fille autochtone dont la mort semblait laisser indifférente la planète entière.

« Bien sûr, cela prendrait du temps. Cela coûterait cher. » L'enquêteur, un ancien policier à la retraite, en avait bien avisé son client. Mais Jim Barnaby n'en avait cure. Sa Meaghan méritait bien ça.

19

Fosse Du Pont
Mouche Green Highlander

Je ne me suis pas trompée.

Il s'agit bien du célèbre guide de pêche dont le récit des exploits a nourri mon enfance.

Billy Vicaire! Un homme que tout le monde respectait, je m'en souviens bien. Blancs ou Autochtones, tous parlaient de ses exploits de pêcheur à la ligne.

Si j'ai bonne mémoire, sa réputation dépasse largement les frontières du pays. Il fait partie de ces guides qui ont accompagné les grands de ce monde venus pêcher ici. Les murs de l'hôtel de ville de la réserve sont d'ailleurs tapissés de photos : Jimmy Carter, George Bush, Brian Mulroney et sa suite, Paul Desmarais aussi, Tom Cruise, Jack Nicklaus tenant tous leur prise du jour à bout de bras. On y voit aussi Billy, les bras garnis de nombreux trophées remportés à divers concours de monteurs de mouches. Mais dans l'esprit de ses concitoyens, Billy Vicaire est bien plus qu'un habile pêcheur à la mouche. C'est un farouche défenseur des droits autochtones.

Lorsque mon père parlait de lui, en féru d'éducation qu'il était, il racontait que Billy figurait parmi ceux qui, dans les années 60, avaient lutté le plus farouchement pour les réformes éducatives. Luttes qui finirent par déboucher sur la construction d'écoles dans les réserves. Et je n'ai pas oublié non plus qu'il faisait partie du groupe qui s'était insurgé contre le gouvernement dans l'affaire Marshall. Un célèbre cas porté en Cour suprême et qui fut finalement tranché en faveur des Autochtones en faisant valoir, une fois de plus, leurs droits de pêcher et de vendre leurs captures. Toute une victoire pour eux !

Ne voulant surtout pas manquer ma chance de m'entretenir avec pareille légende, je m'en approche tranquillement, à pas feutrés, comme un loup craignant de voir sa proie déguerpir avant d'avoir eu le temps de poser sa patte dessus.

L'atmosphère ambiante est dantesque. Des tonnes d'eau dévalent des montagnes et aboutissent avec fracas dans le lit déjà débordant de la rivière. Toutes les raisons possibles et imaginables sont évoquées pour expliquer pareil déluge.

Nul n'en croit ses yeux.

Moi non plus, d'ailleurs.

La foule de curieux grossit à vue d'œil. Un petit groupe se forme sur la rive d'en face tandis qu'un autre contingent approche de notre côté d'un pas hâtif. Jusqu'à la fourgonnette de Radio-Canada qui vient tout juste de se pointer sur les lieux. Trois ou quatre journalistes à l'affût, leurs caméramans à pied d'œuvre croquant déjà la scène. Le spectacle d'une nature déchaînée, le tout pimenté par la présence de Billy Vicaire : un topo du tonnerre en vue pour les manchettes de 18 heures.

Le bruit de la rivière devient assourdissant. Je n'en rejoins pas moins la rive pour autant, curieuse que je suis d'observer de plus près le débit démentiel du courant mais, surtout, très avide de me rapprocher encore plus près de Billy Vicaire.

Entouré de quelques journalistes et d'une foule de curieux – qu'il se plaît de toute évidence à ignorer – l'homme dirige plutôt son attention vers le spectacle offert par la rivière, l'air complètement subjugué par ce déchaînement exceptionnel de la nature. Droit comme un chêne, il a le teint foncé, la peau craquelée comme une terre désertique. Comme bien des gens, ce matin-là, Billy Vicaire s'est déplacé par ce temps dégoulinant de gris pour venir constater le phénomène hors de l'ordinaire.

Une rivière en folie.

Sa rivière à lui !

De guerre lasse devant le mutisme du vieil homme, journalistes et badauds s'éloignent un à un, me laissant le champ libre.

Alors que je cherche quelle histoire inventer pour nouer connaissance avec Billy Vicaire, un couple de bernaches approche à tire-d'aile. En parfaite symbiose. On dirait des nageuses effectuant leur duo en un synchronisme savamment étudié. Les deux volatiles effectuent un vol plané au ras de l'eau. Jugeant sans doute le débit un peu trop agité pour un atterrissage en douceur, elles reprennent aussitôt de l'altitude.

Profitant de ce prétexte tout droit tombé du ciel, j'aborde Billy Vicaire.

– Ce sont des bernaches du Canada ?

– Des outardes. Bien remplumées à part ça.

– Elles estivent dans le coin ?

– Elles passent. Par ici, les outardes passent bien plus qu'elles ne restent.

L'homme a parlé sans me regarder. Ses yeux n'ont délaissé le spectacle de la rivière que pour se concentrer sur celui des deux grands oiseaux migrateurs qui viennent tout juste de reprendre leur envol au-dessus du cours d'eau.

« Sacrées outardes ! Bavardes comme pas une. Impossible de passer sans nous laisser quelques messages... » Mon interlocuteur a prononcé ces paroles dans un chuchotement à peine perceptible, comme s'il ne s'adressait qu'à lui-même.

De peur qu'il ne retombe dans son mutisme, j'enchaîne rapidement.

– Vous croyez qu'on pourra pêcher cette semaine ?

– Pourquoi pas ?

– Ce matin, mon guide m'a dit que la rivière était trop haute. C'est très dangereux à ce qu'il paraît.

Il y a un long silence. Je m'empresse de poursuivre, craignant encore une fois que la conversation ne soit déjà terminée.

« De toute manière, avec un tel débit d'eau, je suppose que le saumon ne sera pas au rendez-vous. »

– Eaux tranquilles, eaux tumultueuses, les saumons sont toujours dans la rivière. Le secret, c'est de savoir où ils se cachent.

– Mais par un temps pareil, ils n'approchent sûrement pas la mouche.

– Sottises !

Puisque cet expert le dit, peut-être que ma semaine de pêche n'est pas aussi compromise que je ne l'ai cru de prime abord. J'ose une autre question.

– Si je peux me permettre de vous demander un conseil, quelle mouche me suggéreriez-vous pour pêcher sur la Restigouche ?

– Vous savez, le pêcheur fait ses lois... mais le saumon ne les respecte pas toujours.

– Mais encore ?

– Une *Green Highlander*. Ouais. Sûrement l'une des meilleures par ici.

Billy s'exprime par petites phrases saccadées qui tombent pile, dru comme de la grêle. De tout son être s'échappe comme une aura empreinte de sagesse.

Je me tais, de plus en plus consciente du ridicule de mes répliques de pêcheuse du dimanche. Les grondements de la rivière s'occupent de remplir le vide. Et l'attention de l'homme à mes côtés se recentre sur la rivière.

Profitant de cette trêve pour mieux scruter Billy, je me mets à examiner discrètement son profil légèrement voilé par la lumière timide du jour. Son visage d'Amérindien au teint cuivré. Ses yeux protégés par d'épais sourcils broussailleux. Son nez aquilin. Sa tête unique posée sur un cou large et massif. Une carrure d'épaules à rendre un haltérophile jaloux. Puis, mon regard se fixe sur ses mains poivrées d'écorchures et pimentées de cicatrices.

Mais il y a plus encore. Quelque chose de plus difficile à saisir.

Billy Vicaire exhale le mystère.

Un craquement soudain nous fait sursauter. Une branche sèche se détache du peuplier d'à côté et vient s'écraser avec fracas juste à nos pieds. Surpris, nous reculons tous les deux de quelques pas, la large main de Billy Vicaire s'étendant aussitôt devant moi, comme un bouclier prêt à me protéger.

Le déferlement de la nature, la présence à mes côtés du plus célèbre guide de pêche de la région, tout cela a quelque chose d'irréel. Du coup, j'en oublie tout de ma déveine : le mauvais temps, la rivière en furie, ma journée de pêche annulée en catastrophe.

« Pas de saumons dans ma puise aujourd'hui, mais une bien plus belle capture que celle de Billy Vicaire », me fis-je la réflexion.

Impertinent, un coup de vent particulièrement violent emporte mon Tilley. Je l'attrape au vol et l'enfonce solidement sur mon crâne en m'assurant de bien ajuster le cordon supposément chargé de le retenir sur ma tête.

— Vous êtes journaliste comme tous les autres ? me questionne soudainement Billy, sans détourner pour autant son regard de la rivière.

— Non. Pas tout à fait. Mais je travaille dans le domaine de l'écriture.

— Il me semble vous avoir déjà vue dans les parages…

— Je viens ici chaque été. En fait, je suis native de la région. Pour tout dire, j'ai passé mon enfance ici. Mon père était contremaître au moulin.

— Au moulin des Bouchard ? s'étonne aussitôt Billy, comme si j'avais prononcé une phrase interdite.

— Oui, oui. Le moulin des Bouchard. Il y a d'ailleurs travaillé une bonne partie de sa vie.

— Et vous les connaissez, vous, les Bouchard ?

— Bien sûr. Il y a quelques années que je ne les ai vus, cependant. Je suis partie aussitôt mes études secondaires terminées et, lorsque je reviens, c'est surtout pour pêcher. Je n'ai plus beaucoup de parents dans le coin, voyez-vous. Après le décès de mon père, ma mère est déménagée chez ma sœur. Quant aux amis d'enfance, la plupart d'entre eux sont partis eux aussi. Il y a si peu de travail dans la région…

Peut-être était-ce mon imagination, mais il me sembla que le regard de Billy s'était durci. On aurait dit qu'il s'accrochait à un seul sujet de notre conversation : les Bouchard.

– Pas faciles, ces Bouchard! Votre père a dû en baver à travailler pour eux.

– Euh! Il n'en parlait pas vraiment…

Mon père n'était pas du genre à rapporter ses histoires de travail à la maison. En revanche, je me rappelais bien les enfants de cette famille qui avaient tous fréquenté la même école que moi. J'en fis part à Billy qui semblait vouloir en connaître davantage.

C'est alors qu'il se produisit un événement aussi surprenant qu'inattendu.

Billy Vicaire se tourna dans ma direction pour la première fois depuis le début de notre conversation. Et ses yeux perçants – qui n'en n'avaient eu jusque-là que pour la rivière et les bernaches – me toisèrent de haut en bas avant de plonger d'aplomb dans les miens.

Je figeai sous la force de son regard. Et j'entendis ses mots dégringoler dans mes oreilles comme autant de petits grains de grêle.

– Vous voulez aller à la pêche ? La rivière va bientôt se calmer. Nous pourrions peut-être… poursuivre cette conversation. Au fil de l'eau. Vous êtes mon invitée.

Et sans attendre ma réponse qu'il devina sans peine à ma physionomie réjouie, il précisa :

« Après-demain. À l'aube. Ici. »

20

Jeremy Wilmot menait ses enquêtes comme Billy Vicaire piégeait ses lièvres.

Dans un premier temps, il examinait méticuleusement toutes les pistes possibles sans chercher à lever de gibier. Puis, il posait des appâts aux endroits jugés stratégiques et attendait patiemment que quelqu'un vienne s'y frotter. Une fois un premier gibier en mauvaise posture, il le cuisinait jusqu'à ce que celui-ci lui crache un indice. Si minime soit-il. Et c'est là que la partie se jouait, car Wilmot avait comme principe de base qu'un premier indice conduit immanquablement à un deuxième... et ainsi de suite. Alors, tout se déroulait comme par enchantement. Il n'avait ensuite qu'à marcher d'un indice à l'autre pour que la route le mène jusqu'au coupable.

C'est ce qu'il tentait d'expliquer à Jim Barnaby tout en buvant un troisième café et, surtout, en se négociant un prix qui avait tendance à grossir de façon exponentielle. En homme pragmatique, Barnaby n'avait pas l'intention de se laisser servir de longs discours.

— Ce que je veux, moi, ce sont des résultats. Qu'on retrouve ce maudit bandit qui a donné rendez-vous à ma fille et qu'on le foute en prison.

— Encore faudrait-il qu'on le trouve coupable et qu'on en ait des preuves, Monsieur Barnaby.

— Trouver des preuves ? Ça, c'est votre job. C'est exactement pour ça que je vais vous payer.

La première piste suivie par Jeremy Wilmot fut de vérifier de qui avait bien pu provenir le dernier texto reçu par Meaghan le soir de la remise des diplômes où elle avait quitté la maison en trombe.

Premier résultat intéressant. À partir du rapport de police, Wilmot put effectivement prendre connaissance du fameux message enjoignant Meaghan de rejoindre Simon au camp de son grand-père. Même si le message était signé du nom de Simon, toutes les pistes écartaient cette possibilité puisque ce dernier avait un alibi crédible. Il se trouvait à la Pointe-aux-Outardes en compagnie d'Isabelle Bouchard.

La question restait pourtant tout entière.

Pourquoi n'avait-on pas poussé plus loin la recherche ?

Sans perdre une seconde, Jeremy Wilmot s'élança sur cette seconde piste et mit sa secrétaire-recherchiste à l'œuvre.

— Donna, tu as jusqu'à midi pour me trouver à partir de quel appareil ce message a été envoyé à Meaghan Barnaby.

— Jusqu'à midi ? Ce message a tout de même été acheminé il y a trois ans.

— Oui, mais on ne cherche pas un voleur à la tire, ici. On cherche le possible meurtrier d'une jeune fille d'à peine seize ans.

— L'Indienne ? Je croyais qu'elle s'était suicidée.

— Ça, c'est ce qu'on rapporte. Ce n'est pas ce que dit Jeremy Wilmot.

21

Le surlendemain, au lever du jour, Billy Vicaire et moi mettons le cap sur la rivière Matapédia. « La Restigouche est encore trop agitée », qu'il me dit. La Matapédia ou la Restigouche, peu m'importe. Il s'agit de deux rivières mythiques et mon plaisir n'en sera pas moindre.

Bien emmitouflés dans nos imperméables, les bras chargés d'agrès de pêche, les épaules ployant sous les étuis à perches, nous allons tous les deux à la rencontre de la rivière.

Le canot nous attend, ancré à deux pas de la grève. En levant les yeux sur la berge d'en face, je découvre que, malgré l'heure matinale, nous sommes devancés par un visiteur inattendu. Parmi les épineux, un gros chevreuil s'empiffre goulûment. Dès qu'il sent notre présence, il déguerpit. Une seconde à peine s'est écoulée et je ne vois plus que le fanion blanc de sa queue touffue s'agiter entre les branches de sapins.

Le matin du premier jour, Billy reste silencieux, la plupart du temps.

Nous nous apprivoisons.

Lui, la nature et moi.

Jamais je n'oublierai nos conversations de ce jour exceptionnel où j'ai tellement appris sur l'art de pêcher à la mouche et sur les grands exploits migrateurs des saumons de l'Atlantique.

J'avais cent questions pour Billy et il avait mille réponses pour moi. Il me les transmettait d'une voix lente et posée, mais qui n'en traduisait pas moins son immense passion pour ce type de pêche tout en faisant état de l'admiration sans borne qu'il portait à ce valeureux poisson.

— Le saumon partage sa vie entre l'eau douce et l'eau salée, n'est-ce pas ?

— Exact. C'est pourquoi on l'appelle un anadrome. Par exemple, les tacons qui viennent au monde dans cette rivière-ci vont y passer environ trois ans avant de migrer vers la mer.

— Et jusqu'où s'en vont-ils, une fois partis ?

— Comme on peut lire l'âge d'un arbre en comptant les cercles sur une coupe de son tronc, on peut décrypter toute l'histoire d'un saumon en analysant ses écailles. En plus d'y découvrir son âge, on peut détecter les années qu'il a passées en eau salée. Et crois-le ou non, il paraît qu'on trouve de nos saumons aussi loin qu'au Groenland.

— Au Groenland ? Tout un voyage !

— Et ce n'est pas tout. Après y avoir passé quelques années, notre saumon revient frayer exactement dans cette même rivière qui l'a vu naître. Un joli petit périple de retour d'environ 4 000 kilomètres parsemé d'embûches.

— Incroyable ! C'est sûrement pour ça qu'il est si pressé de dévorer la mouche qu'on lui sert.

— Pas du tout. Contrairement à la truite, le saumon ne prend pas la mouche pour s'alimenter. Il la gobe parce qu'il est tanné de se faire harceler par cette mouche qu'on lui passe sans arrêt devant les yeux. On est des harceleurs de saumon, dit Billy, un petit sourire malicieux au coin des yeux.

– Parlant de mouches, il paraît que vous êtes exceptionnellement doué pour leur montage.

– C'est ce qu'on dit.

Il y a un court silence, mais je devine que je viens de frapper dans le mille. Ses yeux se sont mis à briller. Je poursuis donc sur ma lancée et l'entends me défiler comme une litanie la liste des matériaux nécessaires à l'exercice de son art. D'un coup, mon guide devient bien bavard et j'ai droit à une leçon en règle sur les variétés de mouches.

« Bien sûr, il y a les mouches noyées et les sèches, les mouillées et les flottantes. Les poils du lièvre et du cerf sont très populaires pour le montage d'une mouche. De même que ceux des pattes des lapins et les plumes du cul des canards. »

– Pourquoi ces plumes-là plutôt que d'autres ? demandai-je, étonnée.

– Parce qu'elles offrent une flottaison incomparable à cause de leur légèreté. C'est excellent pour les mouches sèches.

Billy en a long à dire sur un art qui demande beaucoup plus de connaissances que je ne l'eus cru. Je poursuis le dialogue, ne serait-ce que pour le plaisir de l'entendre discourir avec autant d'enthousiasme.

« Pour les plus petites mouches, les poils de taupe sont excellents. Ceux de l'écureuil font aussi l'affaire vu qu'il y en a passablement dans les alentours. Mais pour fabriquer une superbe mouche à saumon, il n'y a rien comme les poils de phoque. »

– Ah oui ?

– À cause de leur couleur et de leur aspect vivant, me répondit-il, comme s'il s'agissait là d'une vérité connue de tous.

   Le silence de la Restigouche

L'heure du thé nous est sonnée par le pépiement d'une mésange espiègle qui se pose effrontément sur le rebord du canot en remuant la queue.

Le thé.

Un rite quotidien que Billy ne prend pas à la légère. Il connaît toutes les plantes de la nature susceptibles de servir à concocter une tisane. Sans soulever la moindre vague, mon guide approche le canot de la berge tout en douceur pour ne pas effrayer le saumon. À peine débarqué, il se penche et saisit délicatement entre ses doigts la tige d'une plante. De ses feuilles émane un puissant parfum, un étonnant mélange d'épices et de cerises confites.

« C'est un remède, me dit-il. Presque tous les médicaments sont dans la nature. Et c'est gratuit. On n'a qu'à se pencher pour les cueillir. »

Avec un certain cérémonial, Billy me verse un thé fort et brûlant. Assis sur une souche, nous buvons en silence. Puis, nous regagnons la rivière. Pas question de perdre trop de temps éloignés du poisson.

Le soleil se devine à travers la couche nuageuse.

C'est enfin l'accalmie après la tempête.

La rivière essoufflée de ses frasques des derniers jours a retrouvé un semblant de quiétude. L'eau n'en demeure pas mois brunâtre et jonchée de débris entre lesquels notre canot se faufile en ondulant comme une couleuvre. Billy sait y faire et nous glissons sans difficulté entre les obstacles.

Les geais gris, les martins-pêcheurs et les mésanges sont réapparus. Une cane frôle notre embarcation, traînant dans son sillage une couvée de canetons pas tout à fait autonomes et fort indisciplinés. D'un couac désapprobateur, la mère les rappelle à l'ordre. Je les regarde disparaître à la queue leu leu entre les roseaux.

Deux jours à la rivière et déjà je ressens une véritable paix de l'esprit.

Un saumon vient taquiner ma *Rusty Rat* et me ramène à la rivière. De son côté, Billy fouille frénétiquement dans sa boîte à mouche, à la recherche de l'appât idéal qui nous permettra de leurrer une belle grosse prise.

Et la journée continue de s'écouler avec lenteur. De fosse en fosse et de mouche en mouche, de l'aube jusqu'au coucher du soleil, le canot cadence le passage des heures. Assis à l'arrière, Billy Vicaire fait corps avec son canot. Sa perche n'est rien de plus qu'un prolongement de son bras.

22

Donna Wilson avalait une gorgée de café lorsque le télécopieur se mit en marche.

11 h 55.

Il ne lui restait que cinq minutes pour communiquer à son patron la réponse qu'il attendait. Elle se précipita sur la machine et arracha quasiment la feuille de papier qui n'en finissait plus de s'éjecter de l'appareil. Surprise de ce qu'elle y lut, elle sauta sur le téléphone sans perdre une minute.

— Vous allez être déçu, patron.

— Dis toujours.

— On a bien identifié le téléphone cellulaire qui a servi à envoyer le message à Meaghan Barnaby le soir de sa mort. Mais ça ne vous servira pas à grand-chose.

— Vas-tu accoucher, Donna ?

— Le message a été acheminé à partir d'un des téléphones portables du poste de police du village.

— Du poste de police ?

— Ouais. C'est bel et bien ce qui est écrit sur le rapport qui vient d'entrer à l'instant.

Jeremy Wilmot se gratta la tête. Sa calvitie brillait sous le reflet de la lumière.

Quelqu'un nous a piégés, se dit-il. Mais dans un sens, cette nouvelle est une bonne nouvelle. Car si une personne cherche à brouiller nos recherches, c'est qu'il y a également quelqu'un qui a des choses à cacher.

23

Le lendemain matin, il y a une ourse.

Au détour d'un méandre. Ses deux petits dans les pattes. Sûrement affamée, elle renifle à pleines narines la brume qui flotte au-dessus de la rivière. Étrangement, elle ne semble pas surprise par l'arrivée de notre embarcation. Son museau hume maintenant dans notre direction, comme si c'était notre venue qu'elle attendait. Sans hésiter un instant, Billy saisit le madelineau[1] qu'il vient tout juste d'attraper et le lance à sa portée sur la grève. L'ourse l'attrape d'une griffe aussi aiguisée qu'une faucille. Puis, elle le saisit solidement entre ses mâchoires. L'ourse noire tient son poisson comme un chien son bâton. Avant de disparaître, elle fixe Billy le temps de quelques secondes.

– Vous l'avez déjà vue, cette ourse ?

– On peut dire qu'on se connaît, se contente de répliquer Billy.

J'étire l'oreille. Je voudrais bien en savoir plus long, mais je reste sur ma faim. Il est clair que Billy ne m'en dira pas davantage. Pour toute réponse, mes oreilles n'entendent que le sifflement d'un train qui se faufile au loin, entre les corps effilochés des arbres.

---

1. Saumon mâle âgé de moins de cinq ans.

Notre canot glisse doucement, laissant naître à peine quelques friselis sur la nappe d'eau. Au tournant, la rivière se met à sillonner dans le creux des montagnes et prend une couleur plus ombragée. Billy sait que la topographie du paysage influe sur la rapidité du courant et modifie l'oxygénation de l'eau. Signes absolus qu'il me faut changer de mouche. Mon guide est d'ailleurs déjà à pied d'œuvre. « La pêche à la mouche est capricieuse. Si on veut s'assurer des meilleures chances de succès, il faut suivre sa loi », confirme Billy en tortillant habilement le bout de mon avançon autour d'une *Stonefly* fabriquée de ses mains. Puis, il me tend la perche en m'indiquant du doigt l'endroit où se tient le saumon.

– Juste là, dit-il. Ils sont tous là, dans le remous de la *Monnick*.

– Mais comment pouvez-vous le savoir, Billy ? dis-je, incrédule.

– Je les sens. Et ils le savent.

À peine ma mouche lancée, un grand saumon se détache du groupe et se dirige allègrement vers l'appât. Moi, je n'ai encore rien perçu, rien vu. Mais il est clair que Billy, lui, a déjà tout pressenti. Il est debout et se déplace tout près de moi. Avant que je ne réalise quoi que ce soit, je sens un solide coup porté juste au bout de ma ligne.

– Je crois que j'en ai un !

– Je sais. Laisse-lui le temps de gober la mouche, puis ferre-le ! Lève ta canne et tiens-la bien haute. Appuie le manche contre ton corps. Ce n'est pas rien qu'un *taqawan*[2], mais un beau gros, il va batailler.

---

2. Jeune saumon, madelineau ou *grilse*.

– Ferre-le comme il faut. Et ensuite, laisse-le aller. N'essaie surtout pas de le retenir.

Brusquement, ma ligne sort du moulinet et, en un éclair, se défile sur une bonne dizaine de mètres.

« C'est effectivement un gros. Il va lutter pendant un bon bout de temps. Ne te presse pas pour le sortir de l'eau. Il faut le laisser se fatiguer. »

– Oui, mais s'il s'échappe… Il ne faudrait quand même pas qu'il se décroche.

– Il est bien ferré. L'*a'papi*[3] va tenir le coup, répond Billy, comme s'il voyait sous l'eau.

Dans l'euphorie du moment, la langue première de Billy a refait surface. Heureusement qu'il fait usage de quelques mots en mi'gmaq dont je devine facilement le sens.

« Et de toute manière, ce qui doit arriver arrivera », ajoute Billy, l'air le plus sérieux du monde.

La lutte entre le poisson et moi ne fait que commencer. Malgré qu'il n'ait pas mangé depuis plusieurs mois, comme tous les saumons montés dans la rivière, il se débat avec une étonnante vigueur. Il parcourt la fosse sur toute sa longueur en donnant de violents coups de tête, cherchant désespérément à se libérer. Brusquement, dans un éclaboussement bruyant et spectaculaire, il saute hors de l'eau avant de retomber avec fracas. Le poids de son corps soulève une spirale d'eau dont les centaines de gouttelettes s'illuminent comme des diamants dans la percée du soleil qui vient tout juste de poindre à l'horizon.

---

3. Ligne à pêche.

« C'est un gros mâle. Il a le *mgign*[4] bien accroché à la mandibule. »

– Génial !

Billy avait tout vu dans l'espace de ce seul instant où la bête était sortie de l'eau. Moi, je n'avais aperçu qu'une masse argentée entrer dans l'eau aussi vite qu'elle en était sortie.

Une demi-heure.

Près d'une demi-heure que dure la lutte qui s'est engagée entre le poisson et moi. Nous sommes aussi entêtés l'un que l'autre. Lui, à sauver sa peau ; moi, à réussir coûte que coûte à le ramener jusqu'au canot.

À l'aide d'une longue perche, Billy a rapproché notre embarcation de la berge. À force de mouliner, je sens qu'une ampoule est en train de se former entre mon pouce droit et mon index. La fatigue me gagne et la tension s'installe entre mes omoplates.

Je commence à douter.

Qui, du saumon ou moi, va remporter la partie ?

– Il est épuisé, ramène-le dans l'eau morte, m'ordonne alors Billy en posant la puise au ras de l'eau.

À bout de force, le saumon se laisse glisser dans les mailles du filet. Billy jette un coup d'œil rapide à notre prise et me fait aussitôt part de son constat.

« Dix kilos. Peut-être un peu plus. »

Pour la première fois, je le vois afficher un large sourire.

J'examine attentivement ma prise que Billy a couchée au fond du canot sur un lit de fougère.

---

4. Hameçon.

— Y a-t-il une raison pour laquelle vous le pla-
cez sur un lit de feuillage ?

— Parce que c'est un si bel être... il mérite le
respect.

J'en ressens à la fois tristesse et fierté. Tristesse
d'avoir contribué à la mise à mort d'un spécimen
aussi valeureux. Fierté d'avoir un si beau trophée
de pêche à rapporter à la maison. De tous les poissons, le saumon m'a toujours fascinée. Comment
ne pas aimer un animal au comportement aussi
combatif, un être dont les migrations en rivières
se révèlent aussi spectaculaires ?

Je soupire enfin et m'affale au fond de la cha-
loupe. Vidée. Exténuée.

Assoupie, je scrute l'horizon. Deux canards
noirs planent, silencieux, le long de la crête des
montagnes verdoyantes de sapins, de pruches et
d'épinettes.

Au bout d'un moment, un agréable sentiment
de satisfaction m'envahit.

Aujourd'hui, j'ai su être à la hauteur du grand
homme à mes côtés.

À l'autre bout du canot, Billy semble moins
radieux que moi. La main sur la poitrine, on dirait
qu'il cherche son oxygène. Cette lutte avec le saumon l'a peut-être épuisé, me dis-je. J'entends sa
respiration quelque peu sifflante. Devrais-je m'en
inquiéter ? Pendant quelques instants, l'homme
montre des signes évidents de fatigue, mais ça ne
dure pas et il reprend vite de la vigueur.

Il remonte l'ancre d'une main habituée et, au
moment où nous nous dirigeons vers notre campement, il m'accoste avec un air des plus sérieux :

« Demain, commence-t-il, peut-être que vous
devriez enlever cette montre à votre bras. Sur

la rivière, nul besoin de comptabiliser le temps. De toute manière, le saumon ne donne jamais de rendez-vous à heure fixe. »

Étonnée de son commentaire, je toise Billy, cherchant à deviner ce qu'il veut me dire. Mi-sérieux, mi-souriant, il me laisse poireauter un instant, puis il s'esclaffe. D'un grand rire franc qui devient aussitôt contagieux. Sûrement fatigués tous les deux, nous sommes pris d'un fou rire qui dura, ma foi, plusieurs minutes. C'est à ce moment précis que j'ai su que notre amitié, à ce vieil homme et moi, venait d'être scellée.

Billy Vicaire me fascinait. Plus les jours passaient, plus sa compagnie m'était agréable.

Ce soir-là, peu de temps après avoir avalé ma dernière bouchée, je me mis à bouger sur ma chaise comme si j'avais attrapé le tournis. Billy faisait mine de ne rien remarquer. Il finit par lancer sa petite question aussi habilement qu'il lançait une mouche à l'eau.

– Quelque chose vous tracasse ?

– Non. Enfin, rien de bien tragique. C'est que demain… est un jour un peu spécial pour moi. J'aurai 40 ans.

– Et après ?

– Bien… je serai vieille. Enfin… je ne serai plus jamais jeune. Et il me semble que je sens une certaine urgence à dire et à faire. On dirait que je n'ai encore rien accompli. Somme toute, rien qui vaille la peine de figurer dans les livres d'histoire.

– Ce n'est pas vous qui allez décider si vous allez passer ou non à l'histoire. Ce sont les autres. Ceux qui viendront après vous. Ce sera à eux de décider…

– Vous avez parfaitement raison.

Embarrassée, je baissai la tête. J'étais là, à me plaindre de mon âge devant quelqu'un qui avait au moins le double du mien et qui portait le poids des années avec tant de grâce et de sérénité.

« C'est quand même difficile de vieillir... Vous ne trouvez pas, Billy ? »

— Avez-vous un projet ?

Inutile d'en rajouter. Une toute petite phrase de quatre mots et Billy avait tout exprimé.

— Dites-moi, Billy, vous avez aimé plus d'une fois ? Aimer vraiment, je veux dire ?

Je crois qu'il s'attendait à tout sauf à pareille question.

Ou peut-être que si.

Avec Billy, il m'était toujours difficile de prévoir ses réactions.

Il se leva. Comme s'il n'avait pas entendu ma question. Il remua la braise et lança deux ou trois branches sèches dans le feu qui se remit à crépiter de plus belle. Puis, il se rassit. Le menton dans sa paume, il semblait réfléchir intensément.

Le silence était de plomb. J'en étais à me demander si je n'avais pas été trop indiscrète.

— J'ai aimé deux oiseaux, lâcha-t-il.

Sa petite phrase ambiguë resta suspendue dans l'air.

Intriguée, je levai les yeux vers lui en souhaitant comprendre mieux. Devant son silence, je rappliquai.

— Deux oiseaux ?

— Une oie blanche et une bernache.

Une lueur de nostalgie passa dans son regard. Je crus voir ses prunelles noires se mouiller. Et ce fut la fin de nos échanges pour ce soir-là.

   Le silence de la Restigouche

24

Jim Barnaby exigeait un suivi.

L'enquêteur tergiversait.

Et pendant ce temps-là, la facture gonflait.

— Vous en êtes rendu où, beugla Barnaby en remettant un premier versement à Wilmot.

— On vient de lancer une autre bouteille à la mer. Maintenant, il ne nous reste qu'à attendre qu'elle échoue sur une grève en souhaitant que quelqu'un la ramasse.

— Pardon ?

— Une bouteille à la mer, vous savez ?

— Non, je ne sais pas du tout.

Jeremy Wilmot prenait plaisir à titiller son client dont il avait deviné le caractère bouillant et intempestif. De ses petits yeux de furet, il surveillait les réactions de Barnaby.

— Voilà, j'ai mis un encart dans tous les journaux et des messages télévisés vont tourner en boucle à compter de lundi prochain. On avise le public que de nouvelles recherches sont en cours au sujet du décès de Meaghan Barnaby et on invite quiconque serait au courant du moindre petit détail à ce propos à communiquer avec mon agence.

— Quoi ? Vous allez faire quoi ? aboya Barnaby. Mais vous n'y pensez pas, Wilmot. Non, non, non ! Ce n'est pas vrai que vous allez nous faire revivre le cauchemar du décès de Meaghan à toutes les cinq minutes à la télévision.

Dans un geste mille fois répété, Jeremy Wilmot replaça l'unique mèche de cheveux qui lui couvrait le crâne, sortit son calepin et se mit à griffonner quelques notes comme si de rien n'était. Au bout de quelques secondes, il ajouta d'un ton exagérément posé :

— C'est incroyable les résultats que j'ai déjà obtenus avec cette méthode. Il y a toujours une personne pour vous surprendre avec un nouvel indice. Et comme je vous disais, un indice conduit immanquablement à un autre indice.

25

Fosse de l'Ile du Chien
Mouche Blue Charm

Les jours qui suivirent figurent parmi les plus mémorables de ma vie.

Le soir venu, nous montions un campement de fortune et concoctions un repas frugal. Jusque tard dans la soirée, nous buvions notre thé à petites lampées devant un feu de bois sans cesse attisé par le vieil homme.

Ce n'est qu'à compter du troisième jour que Billy revint sur les deux sujets qui semblaient le hanter. D'abord celui de la famille Bouchard qui avait quelque chose à voir avec son petit-fils Simon, mais dont je ne démêlais absolument pas les fils tortueux. On aurait dit que Billy nourrissait une sorte d'obsession à leur endroit.

Puis, il revenait sur le sujet de sa disparition prochaine. Billy se faisait vieux et certains gestes hésitants, de plus en plus perceptibles, trahissaient le passage du temps. Il me répéta à deux ou trois reprises que son désir le plus ardent était qu'un des siens poursuive la mission qu'il s'était donnée, celle de faire progresser les conditions de vie des Autochtones.

Les quelques jours qui suivirent furent particulièrement propices aux confidences.

Billy me les livra par bribes éparses. On aurait dit qu'il me confiait tout cela avec une idée en tête. Une idée qu'il ne me dévoilait pas d'emblée, mais qu'il laissait s'immiscer en moi. J'en conclus que le vieil homme se sentait bien seul et qu'à la fin de sa vie, il éprouvait probablement le besoin de se raconter.

Pourquoi à moi ? Une pure étrangère ? Mystère.

Parfois, c'est au beau milieu du jour que Billy laissait quelques miettes de sa saga traverser les mailles du filet qui les retenaient à lui. Ses révélations étaient toujours ponctuées de périodes de silence. Je profitais de ces moments pour l'observer attentivement. Billy prenait son temps.

Il scruta la panoplie de mouches qui tapissaient le fond de sa boîte. Il en prit même quelques-unes dans ses mains, les examina scrupuleusement avant de fixer son choix sur une *Blue Charm* tout habillée de jaune avec une jolie touche de bleu. Une fois qu'il eut serré le nœud qui liait son leurre à la soie, Billy se remit calmement à pêcher.

Un saumon, attiré par le leurre à la robe bleue, vint s'immiscer dans notre conversation et bousculer nos confidences à grand éclat d'eau. L'heure qui suivit fut monopolisée par ce géant argenté qui nous offrit un spectacle époustouflant avant de gagner dignement la partie. À force de se démener, le saumon avait fini par casser la ligne et disparaître en amont, emportant avec lui la si jolie mouche et même un bout de la soie.

Le reste de l'après-midi se passa dans le silence. N'eût été des pépiements des oiseaux et du cancanage de la sauvagine, je me serais crue seule sur la rivière. Je dus attendre le coucher du soleil pour connaître la suite de l'histoire de Billy.

Certaines confidences ne peuvent éclore que sous une lumière tamisée.

Une fois notre campement de fortune monté et notre sobre repas consommé, Billy servit le thé et reprit la conversation là où elle s'était arrêtée l'après-midi.

— Vous connaissez la *Loi sur les Indiens* ? me demanda-t-il à brûle-pourpoint.

— Oui. Non. Enfin, j'en ai entendu parler, mais je ne peux pas dire que je la connais.

En disant cela, je me sentis quelque peu mal à l'aise. J'avais grandi dans le milieu, entourée d'Autochtones, et je ne connaissais pas les conditions que nos gouvernements leur avaient imposées. Et de la *Loi sur les Indiens*, pour tout dire, je ne me souvenais pas de grand-chose.

— Ça vaudrait peut-être la peine que vous preniez connaissance de cette loi. Un jour, Simon y verra, lui.

Il soupira, l'air exacerbé. Son regard erra quelques instants à gauche et à droite avant qu'il ne se décide à nous verser une seconde tasse de thé. Après en avoir siroté deux ou trois gorgées, il changea radicalement de ton et son discours aux allures plutôt réservées jusque-là prit une tournure enflammée. Avec des idées bien claires exprimées dans un vocabulaire plus élaboré que celui qu'il avait utilisé jusqu'à maintenant. Un autre Billy que celui que j'avais vu venait de prendre la parole.

« Vous, les Blancs, qui parlez le français, il y a à peine 400 ans que vous êtes ici et vous faites des pieds et des mains pour maintenir vivante votre identité de francophones en terre d'Amérique. Mais vous oubliez que nous, les peuples des Premières Nations, nous étions là bien avant vous. Et surtout, vous semblez ignorer que nos visées ne sont pas différentes des vôtres. Au même titre que vous, nous voulons assurer le respect de notre espace, de notre culture et de nos coutumes. »

Billy se leva et raviva le feu en le nourrissant de quelques rondins additionnels. D'un œil distrait, pour mieux tenter de cacher le malaise qui me gagnait, je me mis à observer l'incessant ballet des moustiques au-dessus de la flamme.

À ses yeux, je faisais partie de ceux qu'il venait de regrouper sous le vocable « vous, les Blancs », alors que lui, il était du groupe « nous, des Premières Nations ». Une scission que je n'avais aucunement ressentie depuis le début de cette partie de pêche.

Je ne disais mot.

Billy, lui, n'avait pas fini de dire.

Il continua de discourir, faisant abstraction de ma présence.

« Pourquoi les Autochtones devraient-ils renier ce qu'ils sont et renoncer à leurs ambitions ? Est-ce trop demander pour notre peuple que de garder ses traditions et de maintenir vivantes ses valeurs ? Est-ce exagéré que de demander plus d'autonomie politique sur notre propre destinée ? Alors, expliquez-moi les raisons pour lesquelles nous faisons face à des préjugés aussi tenaces ? »

Un hibou hulula au loin, créant une sorte d'écho aux propos de Billy. De mon côté, je n'avais pas vraiment besoin du discours de Billy pour reconnaître que, dans mon propre pays, on nourrissait encore bien des préjugés envers les premiers habitants du territoire.

Billy jeta enfin un coup d'œil rapide dans ma direction et sa voix changea radicalement de ton lorsqu'il se remit à discourir. Comme s'il s'était

   Le silence de la Restigouche

laissé emporter et cherchait maintenant une attitude plus conciliante.

« Mais… en vieillissant, j'ai compris qu'il était inutile de ressasser éternellement le passé. Il faut tourner la page, viser autre chose, pagayer en amont. Et puisque nous sommes là, maintenant, vous et moi, les Autochtones et les Blancs, autant chercher les moyens de construire nos relations d'une autre façon. »

Je l'écoutais. Pensive.

Il rajouta : « Je crois que nous devrions veiller davantage à nos rapports. »

Son discours me laissa à la fois pantoise et songeuse. Je crus comprendre que, devant ses jours désormais comptés, Billy était en train de faire le bilan de sa vie. Il exprimait ce qui l'avait choqué ; ce qu'il aurait souhaité voir changer de son vivant. Il prenait conscience de l'immensité du travail qu'il restait à accomplir.

Il commençait à se faire tard. Billy jugea qu'il en avait assez dit. Il revint à son petit-fils qui semblait incarner un réel espoir dans sa tête. Il réitéra sa confiance en Simon, destiné à venir à la rescousse de son peuple.

« Simon fera de grandes choses pour les nôtres. Moi, j'ai fait un bout de chemin. Son père à Simon… il a été trop perturbé par notre histoire. Notre histoire avec… avec les Bouchard, justement. Mais Simon, lui, il fera ce qu'il faut faire.

« Il a de l'esprit, Simon.

« Il faut surtout que je trouve le courage de tout lui dire… parce que si on veut apprendre à vivre ensemble, il lui faudra défricher une autre avenue… que la mienne. »

Les mots de Billy, martelés de son accent mi'gmaq résonnaient dans ma tête.

« Je vous embête avec mes histoires de vieil homme ? »

– Mais non. Mais non, je vous assure, Billy. En fait, vous m'aidez à comprendre tant de choses…

– Pour tout dire, je voudrais bien, moi aussi, qu'il reste quelque chose après mon passage…

– Comme une trace ?

– Une trace. Oui. C'est bien ça. Comme celle de la perdrix qui sautille dans la neige. Ou encore celle du renard qui lui court après.

Il prit une pause, s'éclaircit la gorge dans un raclement qui me sembla cacher une émotion difficile à dissimuler. De plus en plus exténué, il poursuivit d'une voix lente, posée, modulée aux sonorités étranges de la langue de ses ancêtres.

« Je vous disais que mon histoire et celle de mon fils Lester… Simon aurait dû la connaître. Mais on ne lui a pas racontée. Et le malheur a frappé de nouveau… Mais Simon, lui, il devrait faire autrement. Oui, il lui faudra prendre une autre route et tracer ses propres pas. Il faudra que je lui dise pour qu'il puisse enfin passer à autre chose. Car, voyez-vous, il est bien difficile de traverser la montagne lorsqu'on transporte un bagage trop lourd sur son dos… »

– Mais Billy, pourquoi ne la lui racontez-vous pas, toute votre histoire, à votre petit-fils ?

J'avais vu juste. Billy baissa les yeux, l'air misérable. Sa voix flageola.

– C'est que Simon… il est parti, balbutia-t-il dans un souffle de voix.

   Le silence de la Restigouche

J'aurais bien voulu faire un geste tendre à son endroit, tapoter de ma main son épaule. Le respect ou peut-être la pudeur, je ne sais trop, m'en empêchait.

— Mais où est-il donc parti, Simon ?

— Québec.

— Pourquoi ?

— Il a dû s'éloigner. Pour oublier une grande peine… Ici, trop de mauvais souvenirs. Vous savez, parfois, il faut partir du lieu qui vous a vu naître pour trouver votre véritable identité. Lorsqu'il l'aura trouvée, Simon reviendra. Je le sais.

— Vous ne l'avez pas revu ?

— Quelques rares fois, il est passé au village en coup de vent. Mais je le sentais comme un fantôme. Il tournait en rond et repartait aussi vite qu'il était apparu. Vous savez, la vie sans mon petit-fils…

— Mais il vous reste vos enfants, Billy. Et la pêche que vous aimez tant.

— Je sais… mais j'ai un peu perdu le goût. Sans Simon… Une fatigue…

— Souhaiteriez-vous que nous rentrions plus tôt que prévu au village ? Je me sens un peu fatiguée… moi aussi.

En fait, Billy m'apparaissait plus triste et je craignais qu'il ne se sente plus mal qu'il ne le laissait paraître. Je voyais bien que le pauvre homme traînait sa solitude comme la mouche au bout de sa soie.

— Après le départ de Simon et la mort de mon *nmu'j*[5], j'ai pris un grand coup de vieux, m'avoua-t-il.

Puis, il me raconta enfin la si triste histoire de Meaghan, de Simon et d'Isabelle.

---

5.   Chien.

« Mon plus grand regret, c'est de ne pas lui avoir tout dit à propos de notre histoire de famille, avant qu'il ne soit trop tard. Si je l'avais prévenu du danger qui le guettait avant qu'il se mette à fréquenter cette fille, peut-être que Meaghan ne serait pas morte. Et que Simon ne serait jamais parti... »

— Simon reviendra sûrement un jour prochain. Vous souhaiteriez boire un thé, dis-je, pour chasser un peu la tristesse qui flottait dans l'air.

— Tout est de ma faute...

— Ça ne sert à rien de vous ronger les sangs comme ça. Et puis, Simon, il sera toujours temps de lui parlcr lorsqu'il reviendra dans les parages.

— Ouais. Il faudra absolument que je lui dise qu'il valait mieux réunir la bernache et l'oie blanche, plutôt que de tout faire pour les tenir éloignées.

À ce moment précis, je crus vraiment que Billy commençait à dérailler.

— Réunir la bernache et l'oie blanche ?

— Je crois bien qu'il est temps que je vous raconte tout... Vraiment tout !

— Oui, mais vous le ferez demain. Il se fait très tard et nous avons tous les deux besoin de nous reposer.

Ce soir-là, j'eus de la difficulté à m'endormir.

Un poids qui m'angoissait.

Je constatais que cette partie de pêche n'était peut-être pas aussi improvisée que je ne l'avais cru. Et surtout, je pressentais qu'un étrange revirement de situation était en train de se produire.

C'était à croire que c'était moi qui devenais le guide.

Et Billy, celui qui se laissait doucement prendre en charge.

26

Le téléphone ne dérougissait pas sur le bureau de Donna Wilson.

Une bonne douzaine de personnes avaient déjà téléphoné pour rapporter toutes sortes de détails au sujet de la mort tragique de Meaghan Barnaby. Donna avait transcrit avec minutie tous les appels reçus.

Mais c'était le huitième que Jeremy Wilmot avait retenu. Une bonne demi-heure qu'il le relisait en boucle. Assis qu'il était, sur le bord de sa chaise, prêt à partir.

« Ici, Jeanne Vermet. Je suis préposée au Centre de santé mentale. Euh…je vous appelle au nom d'un de mes patients. Il est présentement soigné ici… et… il a vu votre annonce à la télévision et il ne cesse de répéter les mêmes paroles. Alors, je me suis dit que peut-être je devrais téléphoner… Mais c'est à vous que je souhaiterais parler, Monsieur Wilmot. À vous personnellement, je veux dire. Et non à… votre secrétaire. »

Comme s'il venait d'être piqué par une guêpe, Wilmot s'éjecta de son siège et apparut en gesticulant dans le bureau de sa secrétaire.

– Apporte-moi un café bien corsé et mets-moi immédiatement en ligne avec cette Jeanne Vermet.

– À vos ordres, mon commandant! ricana Donna.

Elle connaissait assez les comportements de son patron pour savoir que cet emportement soudain, associé au besoin immédiat de caféine signifiait que ce dernier venait de flairer une piste particulièrement intéressante.

Aussitôt le téléphone décroché, Jeanne Vermet ne se fit pas prier avant de déballer son paquet de but en blanc.

— Mon patient, il ne cesse de répéter « qu'il a tout vu... qu'il sait tout » au sujet de Meaghan Barnaby. Euh... je ne sais pas si j'aurais dû vous appeler ou en parler avec ma superviseure, mais comme elle est en vacances jusqu'à vendredi, j'ai pensé que... bien, j'ai décidé de vous téléphoner sans attendre.

Wilmot raccrocha, enfila son veston et sortit en trombe sans saluer Donna.

— Votre café, patron, cria Donna en s'élançant à ses trousses.

   Le silence de la Restigouche

27

Le lendemain, Billy n'allait guère mieux, mais refusa carrément de rentrer. Il dévia plutôt du sujet en me faisant remarquer que le niveau d'eau avait sensiblement baissé. Il était vrai que le temps avait fini par se stabiliser.

En ce début d'août, le soleil était au rendez-vous. Aux alentours, la sauvagine qui se faisait nombreuse était fort occupée à trouver de quoi gaver les nombreux becs affamés des couvées printanières. Billy mouchait avec lenteur, l'esprit loin de la rivière.

Nous avons pêché toute la matinée sans grand entrain. Nous n'avions pas la tête à la pêche. Les saumons marsouinaient aux alentours, mais nos lignes n'étaient pas assez tendues et nos mouches, mal présentées.

Je regardai ma montre. Il était midi pile. Ni lui ni moi n'avions le cœur à manger. Tout d'un coup, Billy bobina lentement jusqu'à ce que sa soie s'enroule complètement dans le moulinet. D'une main tremblante, il décrocha l'*Orange Blossom* et en lissa délicatement les poils de ses longs doigts avant de la ranger dans sa boîte à mouche. Sans me poser de question, je fis de même et déposai ma perche le long du canot. Billy se cala dans le siège précaire qu'il avait installé à l'arrière de son canot, leva l'ancre et laissa l'embarcation dériver.

« Même la plus lugubre des histoires contient sa part de beauté. »

Telle fut la toute première phrase que prononça Billy Vicaire, le cœur à l'envers, la voix sourde, le regard ailleurs. Son récit à peine entamé, le vieil homme prenait déjà une pause. Je devinai que le reste de l'exercice lui serait pénible.

D'entrée de jeu, Billy me confessa qu'ils avaient tous fait la même erreur. D'abord lui. Puis Lester. Et enfin, Simon. « Bien difficile de résister aux aurores boréales », avait-il commencé par dire, comme pour ajouter au mystère.

Son histoire à lui, celle de Lester et de Simon, il me la raconta au compte-gouttes. Le canot glissait le long des méandres de la rivière. À défaut d'extraire des poissons de la fosse *Alice* comme de chacune des fosses traversées, il y pêcha plutôt de grands pans de son passé.

De sa boîte à mouches, les mains de Billy Vicaire extirpèrent des souvenirs toujours vivants, bien dissimulés entre les *Orange Blossom*, les *Green Machine*, les *Silver Rat*, les *Undertaker*, les *Stones*, les *Bombers* et les *Whiskers*.

Rien ne s'était effacé. Le passé s'était incrusté en Billy, avait taillé une cicatrice profonde dans sa mémoire.

28

Le Centre de santé mentale était un bâtiment d'aspect assez vieillot situé à la sortie de la ville, en contrebas de l'autoroute. Une longue rangée d'érables rouges bordaient l'allée menant jusqu'à l'entrée principale.

Jeremy Wilmot rangea sa vieille Land Rover au fin fond du stationnement et examina attentivement les alentours. Aucun patient en vue si ce n'est trois ou quatre individus accompagnés d'un préposé en sarrau vert bouteille qui marchaient de long en large en bordure du bâtiment.

Wilmot se présenta à la réception comme étant une vieille connaissance de Jeanne Vermet. Il voulait lui faire une surprise et se demandait s'il pouvait se rendre directement dans son service. Devant les hésitations de la réceptionniste, une grosse rousse aux yeux verts, il finit par lui faire quelques compliments flatteurs, entreprit de lui raconter deux ou trois blagues qui firent rire la grosse fille à gorge déployée. Il lui décocha alors un clin d'œil complice tout en appuyant sur le bouton de l'ascenseur.

Jeanne Vermet avait la langue bien pendue. Il n'aurait donc pas besoin de sortir les grands arguments pour la faire parler mais, dans ce flot intarissable de paroles, il devrait trancher judicieusement entre l'important et le superflu.

— Vous avez la permission de lui parler, j'imagine, puisque vous êtes rendu jusqu'ici... Alors, suivez-moi. C'est au 327. Je vous avertis. Il n'est pas toujours facile de comprendre son jargon, d'autant plus qu'il n'est pas ferré, ferré. Mais moi, je le comprends très bien. Je suis habituée, voyez-vous.

— Il n'est pas ferré ?

— Bien, ce n'est pas une lumière, quoi. Enfin, ce n'est pas lui qui a écrit le dictionnaire, si vous voyez ce que je veux dire.

— Mais il n'est pas, comment dire, ce n'est pas un déficient intellectuel ?

— Mais non. Mais non. Il est un peu *border line*. À la limite, quoi. Mais ce n'est pas un fou, si c'est ce que vous voulez savoir.

Lucien Martel devait avoir dans la jeune vingtaine. Peut-être 25 ans tout au plus. C'était un assez bel homme. Toutefois, quelque chose d'étrange dans son regard laissait deviner que tout n'allait pas rondement dans sa tête.

— Tu permets que je m'assoie et que je te pose quelques questions, Lucien ? commença Wilmot.

Devant le mutisme du patient, il continua.

« Il paraît que tu sais tout, au sujet de Meaghan. »

— Meaghan Barnaby. Je sais tout. Elle est morte, Meaghan Barnaby.

— Oui. Ça fait trois ans déjà. Mais dis-moi, Lucien, comment il se fait que tu sais tout ?

— Parce que j'étais là.

29

Fosse du Coude du Diable
Mouche Black Bear Green Butt

Billy ferma les yeux. Il avait envie de revoir Bélinda.

La magnifique Bélinda Robichaud de ses 20 ans.

D'une voix haletante, Billy débobina son histoire d'un seul trait.

« Elle était jolie, Bélinda, lorsque je la vis pour la première fois au beau milieu d'un champ de fraises. Resplendissante de jeunesse dans sa robe fleurie. La taille fine comme une guêpe. Elle avait des cheveux dorés qui s'échappaient de son chapeau de paille et des joues aussi rouges que les petites baies qui débordaient de son casseau.

Son père Basile Robichaud, qu'on surnommait l'Acadien, était forgeron. Il s'était installé sur la rive sud de la Restigouche mais, après quelques bonnes années, ses affaires se mirent à aller de mal en pis. Un à un, ses fils furent obligés de quitter le village pour aller gagner leur vie ailleurs. Basile se fit alors la promesse que sa fille unique ne vivrait pas dans la même misère que lui et il se mit à rêver d'un mariage fabuleux pour elle. S'il réussissait à lui trouver un bon parti, un homme instruit et fortuné, peut-être même que lui aussi y trouverait son compte.

Basile passa aussitôt à l'action et mit le grappin sur Félix.

Félix Bouchard!

Ce n'est pas que ce grand faraud à la tête rousse lui plaisait outre mesure, c'était surtout qu'il était bien né. Félix, surnommé le Rougeau, était l'aîné du plus prospère marchand de bois de la région. Après la messe du dimanche, Basile l'invita à venir voir sa forge. Et dans sa forge, il avait trouvé moyen d'attirer Bélinda, bien sûr. Le Rougeau tomba immédiatement sous son charme. Comme il était un coureur de jupon reconnu, il ne demanda pas mieux que d'ajouter cette autre conquête à sa liste.

Au cours du même été, mon père me demanda d'aller livrer une caisse de saumon boucané à l'Acadien. C'est en approchant de la maison du forgeron que j'aperçus Bélinda pour la première fois, accroupie au beau milieu du champ de fraises. J'ordonnai aussitôt à ma jument de ralentir la cadence et fis semblant de réparer une des roues du buggy jusqu'à ce que Bélinda prenne le chemin du retour à la maison. Je lui offris alors de la prendre avec moi.

Un seul échange de regards et ce fut le coup de foudre. Tant de mon côté que du sien. »

Un rocher effleura le canot, forçant Billy à interrompre son récit. D'un coup de pôle habile, il fit dévier notre embarcation et contourna le récif. Il se réinstalla lentement dans son siège. Je souhaitais vivement qu'il continue à raconter. Mais il n'était pas pressé et je savais maintenant qu'avec lui, il était inutile de forcer les choses. Tout venait en son temps. Une dizaine de minutes s'écoulèrent avant qu'il ne se décide enfin à poursuivre.

« Cette saison-là, les Robichaud mangèrent plus de saumon boucané que jamais... vu que je passais y livrer mon poisson pas mal souvent et de son côté, jamais Bélinda Robichaud ne cueillit autant de petits fruits dans son champ. C'est là, au beau milieu d'une grande talle de fraises, que j'ai déclaré mes sentiments à Bélinda.

Dès que Félix Bouchard eut vent que Bélinda lui préférait un autre prétendant, son orgueil de grand faraud en prit un coup. Furieux, il se mit à épier les allées et venues de Bélinda jusqu'à ce qu'il nous découvre tous les deux bien enlacés dans le champ de fraises. Fou de jalousie, il perdit complètement la tête lorsqu'il constata que j'étais rien qu'un Indien. Jamais il ne se laisserait damer le pion par un Peau-Rouge, qu'il se mit à cancaner dans tout le village.

Félix Bouchard inventa alors un terrible mensonge... »

Billy secoua la tête. Je vis les veines de son cou se gonfler, les traits de son visage se crisper. Il serrait les poings comme si l'histoire qu'il me racontait venait tout juste de se dérouler.

« Il alla raconter au père de Bélinda qu'il venait de surprendre un sauvage en train de "forcer" Bélinda. Là. Tout près. En plein milieu du champ de fraises. Mais lui, foi de Bouchard, il était prêt à sauver l'honneur de Bélinda, de sa famille et de tous les Blancs du village. Pour ça, il était prêt à l'épouser dans les plus brefs délais.

Basile Robichaud crut le Rougeau sur parole. De toute manière, il n'y avait aucun doute dans son esprit que l'avenir de Bélinda serait bien plus avantagé dans le lit d'un Bouchard que dans celui d'un Vicaire, cantonné dans sa réserve.

Lorsque Bélinda rentra, son père était dans une sainte colère. Elle eut beau raconter ce qui s'était réellement passé, pleurer, supplier, son père la séquestra jusqu'à ce que le curé vienne célébrer son mariage avec celui qui allait supposément sauver l'honneur de sa famille. »

Billy prit une autre pause. Pour cacher son émotion, il fit mine de chercher son thermos de thé et en avala quelques gorgées avant de reprendre son récit.

« Le lendemain de son mariage, une fois qu'il eut obtenu ce qu'il voulait, Félix Bouchard délaissa le lit conjugal en traitant Bélinda de tous les noms. Accompagné de quelques fiers-à-bras, il prit la direction de notre réserve. J'étais dans la grange à enfourcher le foin. Ils ont sauté sur moi à coups de pied et à coups de poing, me laissant à moitié mort dans le grenier.

C'est le même sort que je réserve à Bélinda si jamais tu oses t'approcher d'elle, qu'il m'a craché au visage.

Bélinda était maintenant sa femme. Pour le meilleur et pour le pire. Craignant les misères qu'il était capable de lui faire subir... à partir de ce jour-là, je me suis tenu à distance. Plus personne ne voyait Bélinda dans le village. On disait qu'il lui interdisait de sortir de la maison. Puis, un beau jour, on la vit à l'église, la figure pâle et le ventre rond.

Bélinda Bouchard fut enterrée au cimetière. Morte en accouchant d'un fils nommé Henri.

Henri Bouchard ! »

Le visage de Billy s'enflamma soudain.

– J'aurais dû aller l'arracher des griffes de cet imbécile, ma Bélinda. Même si elle était sa femme. Même si ça ne se faisait pas… à cette époque-là.

Billy se tut. Dévasté.

– Vous avez dû être mort de chagrin, Billy. Mais vous n'aviez pas d'autres choix que de tenter de la protéger en vous éloignant d'elle.

– Mais je ne l'ai pas protégée, justement… et elle est morte.

Évitant de s'apitoyer davantage sur son sort, Billy continua sur sa lancée.

« Suite au décès de Bélinda, j'étais mort de chagrin et de désespoir. J'ai disparu en forêt où j'ai vécu en ermite pendant près de cinq ans. Un beau matin de printemps, j'ai réapparu au village. Il fallait bien que la vie reprenne. L'été suivant, j'ai épousé Maggie. La fille de notre voisin. Elle avait toujours eu un penchant pour moi.

Maggie a tout fait pour me rendre le sourire. Elle m'a donné quatre beaux enfants, dont une paire de jumeaux : le père de Simon, Lester, et Rebecca. »

Un saumon vint marsouiner autour de notre canot et donna un spectaculaire coup de queue. C'était un saumon jeune et fringant qui s'éloigna et gagna rapidement le courant sans qu'on fasse quoi que ce soit pour le retenir aux alentours.

Le canot filait lentement, comme sur une mer d'huile, laissant une trace à peine visible dans son sillage. Billy le laissa dériver une partie de l'après-midi, jusqu'à ce qu'il bifurque sur une roche à la hauteur de la fosse du *Coude du Diable*. Était-ce un hasard ou était-ce dû à un mouvement calculé de la part de Billy ?

La fosse du *Coude du Diable* portait bien son nom. Elle était noire et profonde. À cet endroit précis, un bouillonnement des eaux s'exprimait en un bourdonnement sourd qui semblait monter du ventre de la rivière. Juste là, deux immenses cailloux plantés en amont créaient un remous dangereux qui faisait frissonner tous les pêcheurs osant s'en approcher.

Billy, plus que tout autre, détestait cet endroit.

Tant qu'à y être, commença Billy, après avoir entamé la sortie de la fosse du *Coude du Diable*, aussi bien vous raconter la suite. À moins que je vous ennuie...

— Mais pas du tout. Pas du tout, je vous assure.

« Par un froid matin d'automne, c'est en plongeant plus d'une douzaine de fois, dans cette maudite fosse du *Coude du Diable* que mon fils Lester a lui-même sorti de ce trou noir le corps inanimé de Rebecca. »

Billy sentit son souffle se faire rare. Il finit de traverser la fosse avec difficulté, positionna son canot le long de la berge et mit pied à terre. Une brise naissante faisait danser les têtes de violon et le frémissement du vent dans les peupliers créait une bien étrange musique. La main sur sa poitrine, Billy se fraya un chemin à travers la fougère jusqu'à un sentier menant à une clairière. Je le suivais à petits pas. C'était clair qu'il n'allait pas bien du tout. « Trop d'émotions », me dis-je.

— Vous sentez-vous mal, Billy ? Nous devrions regagner le canot... et retourner au village. Aller à l'hôpital... peut-être.

   Le silence de la Restigouche

– Jamais ! Jamais je ne mourrai dans un lit d'hôpital.

– Mais Billy, vous n'allez pas mourir tout de même, m'écriai-je effrayée à l'idée de ne rien faire pour le secourir.

– J'ai déjà choisi mon endroit, trancha-t-il. Retournez seule au village. Je connais mon chemin. Je sais ce que j'ai à faire et personne ne m'en fera dévier.

Le ton de sa voix s'était durci et ne laissait aucun doute sur ses intentions longuement mûries. Qui étais-je pour m'opposer à ses volontés ? Je connaissais peu Billy Vicaire, mais assez quand même pour savoir que rien ne le ferait s'écarter de ses projets. Ni moi, ni personne. Pas question de l'abandonner pour autant. J'avais accepté son invitation à cette partie de pêche, il était devenu mon ami et j'allais le suivre jusqu'au bout...

– Puis-je au moins vous accompagner ? osai-je demander.

Billy ne répondit pas. Il fit comme si je n'étais plus là. Je décidai de le suivre, prête à le secourir à la moindre défaillance.

Un pygargue à tête blanche survola la cime des bouleaux et se posa sur la plus haute branche d'une épinette géante. Billy aimait sûrement ces grands oiseaux au bec crochu qui devaient rivaliser avec lui pour leurs droits de pêche.

L'oiseau émit un cri perçant et s'envola.

Le long du petit sentier, Billy remarqua un calypso bleu au pied d'un bouleau jaune. Il s'agissait là d'une espèce d'orchidée menacée et Billy s'assura de la contourner avec précaution, heureux de constater que la vie des uns se perpétuait malgré le départ des autres.

Une fois la clairière atteinte, on pouvait facilement apercevoir un flanc de montagne complètement rasé. Presque une coupe à blanc. Une calamité, s'indigna Billy. Pourquoi ne s'occupait-on pas de voir au respect des limites de coupes ? Secouant la tête en signe de désapprobation, il identifia enfin l'endroit qu'il cherchait. Au milieu de la clairière, une étendue d'herbe aplatie témoignant du passage d'un cerf de Virginie. Billy avait décidé depuis longtemps d'emprunter le lit du cervidé. C'était un bel endroit et il y serait mieux que n'importe où ailleurs.

Pas sitôt étendu sur le matelas d'herbage que la mémoire du vieil homme se mit à virer comme une boussole qui a perdu le nord. À tour de rôle, il évoquait les noms de Bélinda, de Rebecca et de Meaghan. Et les trois femmes semblaient tourner dans sa tête comme des derviches emportés dans une folle et interminable ronde.

Puis, le nom de Rebecca s'imposa.

Dans un dernier éclair de grande lucidité, il se remit à parler. De sa voix devenue frêle, Billy repassa en mémoire la mésaventure de sa fille unique. Sa Rebecca adorée. La jumelle inséparable de Lester. De temps en temps, il portait sa main à sa poitrine comme pour demander à son cœur de tenir encore un instant.

« Rebecca… ma fille Rebecca était une des plus belles filles de la réserve. Ses prétendants se comptaient à la dizaine.

Mais Rebecca en aimait un autre. Un Blanc.

Et pour notre plus grand malheur, cet homme était nul autre que Henri Bouchard. Le fils que Bélinda avait mis au monde juste avant de mourir.

   Le silence de la Restigouche

J'ai tout fait pour convaincre ma fille que ce n'était pas une bonne idée de fréquenter un Bouchard. Ce monde-là, ça porte malheur, que je lui ai dit. Et les mariages entre Blancs et Indiens, ça tourne à la catastrophe la plupart du temps. Mais Rebecca a fait à sa tête. Henri lui a fait croire au mariage et… ils se sont aimés.

Les Bouchard étaient contre leurs fréquentations. Un Blanc, ça se marie pas avec une Indienne. Et Henri a fini par délaisser Rebecca pour se marier avec Jane. La fille à Glen Legacé. Tout avait été calculé. Les Bouchard et les Legacé, ça allait former une union prospère parce que Legacé était le plus gros fournisseur de bois au moulin à Bouchard.

Ma fille était inconsolable. Comme pour ajouter à son désespoir… elle a découvert qu'elle était enceinte de Henri. Le jour du mariage de Jane et Henri, Rebecca disparut. Quelques jours plus tard, on l'a retrouvée.

Morte.

Noyée dans la fosse du *Coude du Diable*.

C'est Lester, son frère jumeau, qui a aperçu le foulard de Rebecca accroché à un tronc d'arbre qui flottait au-dessus de la fosse. Sans hésiter, il a plongé sans arrêt dans ce maudit trou noir jusqu'à ce que… jusqu'à ce qu'il remonte à la surface… le corps de sa sœur dans les bras. »

Le souvenir de ce triste événement acheva de briser le cœur de Billy. Il n'arrivait plus à s'exprimer, tant son souffle était court. Il respirait difficilement et de grosses gouttes perlaient sur son visage livide.

— Peut-être devriez-vous cesser de parler, Billy, dis-je, en lui épongeant le visage.

Billy sembla m'ignorer. Il continuait à tenir sa vie bien serrée contre lui. Pour un tout petit moment, encore.

« Ce soir-là, Lester alla attendre Henri Bouchard à sa sortie du moulin. Il l'attrapa par les bretelles et le souleva de terre. Il lui administra la raclée de sa vie. Henri s'en sortit avec deux dents en moins, un bras cassé et bien des écorchures. Lester passa les trois mois suivants en prison. Avec un casier judiciaire et une interdiction formelle de s'approcher des Bouchard.

Les suicidés ne reposent pas à même le cimetière...

Aussi, j'ai dû coucher ma Rebecca sous une grande dalle tout près de celle que j'avais déposée là vingt-cinq ans plus tôt... le jour du décès de Bélinda Robichaud.

À côté de ma fille, j'ai placé une toute petite pierre... en mémoire de l'enfant qu'elle portait. »

Un spasme de douleur secoua le corps de Billy. Ces souvenirs le torturaient. Lui, Billy Vicaire, ses jumeaux Rebecca et Lester, et maintenant son petit-fils Simon.

Un cercle vicieux qui n'en finissait plus. Une génération après l'autre, tous piégés par les Bouchard. « C'est à croire que quelqu'un leur avait jeté un sort », me fis-je la réflexion.

— Anne, me siffla soudainement le vieil Indien, en m'agrippant le bras dans un dernier sursaut. Il faudra le dire à Simon. Il faut le dire à Simon. Tout lui raconter et surtout lui dire de ne pas faire comme moi... S'il l'aime, sa Bouchard, il devra la retrouver.

– Oui, oui, Billy, je vais lui dire. Je vous le promets, ajoutai-je, pour le calmer. Mais s'il vous plaît, ne parlez plus.

Un pincement plus tenace et douloureux que les précédents encercla la poitrine de Billy Vicaire. Un signe qui ne trompait pas. Billy soupira longuement.

Et, sa main dans la mienne, le vieillard bougea une dernière fois sur sa couche verte qui sentait bon le trèfle, le thé du Labrador et le cerf de Virginie.

30

Jeremy Wilmot savait qu'il fallait faire vite.

Dès qu'un superviseur du Centre de santé mentale l'apercevrait en train de questionner un patient, l'entretien avec Lucien Martel se terminerait sur-le-champ. Aussi, essayait-il d'en arriver au plus vite à l'essentiel, sans lui mettre des mots dans la bouche pour autant.

— Tu dis que tu étais là, Lucien. Pourrais-tu me préciser où tu étais cxactement ?

— Au camp dans le bois. J'étais en bicyclette. Pendant qu'ils lui faisaient des choses.

— Qui est-ce qui lui faisait des choses, Lucien ?

— Les gars. Ils lui faisaient mal. Elle criait. Elle pleurait. J'étais en bicyclette. Mais j'ai débarqué quand elle a commencé à crier. J'ai regardé par la fenêtre. J'ai tout vu.

— Peux-tu me dire à qui les gars faisaient mal ?

— Il lui faisait mal à elle. Sa robe bleue. Ils l'ont déchirée.

— C'était la robe de qui, Lucien ?

— L'Indienne. La robe de l'Indienne.

— Mais est-ce que tu connais son nom, à l'Indienne ?

Lucien Martel s'agitait et parlait de plus en plus fort. Sa lèvre supérieure se mit à trembler. Jeanne Vermet s'en approcha et lui toucha l'épaule. « Calme-toi, Lucien. Calme-toi et dis-nous le nom de l'Indienne, veux-tu ? »

— Sa robe bleue. Ils ont déchiré sa belle robe bleue. Moi, j'avais peur. Je devais partir, mais j'entendais ses cris et j'suis resté. J'ai tout vu par la fenêtre. Il l'a frappée très fort et elle est tombée. Sa tête a cogné le poêle. Elle bougeait plus.

— Connais-tu son nom, à la fille, demanda Jeanne ?

— Meaghan. Meghan Barnaby. La fille.

Wilmot sortit son calepin et griffonna quelques notes.

— Et ceux qui lui faisaient du mal, à Meaghan, peux-tu nous dire leurs noms, Lucien ?

— Ah, non ! Ça, j'peux pas.

— Mais pourquoi ?

— Parce que j'ai promis.

— Tu as promis quoi ?

— J'ai promis, croix sur le cœur, de jamais dire leurs noms. Parce qu'ils vont venir me faire les mêmes affaires qui lui ont faites à elle. C'est ce qu'ils ont dit. Ah, non ! Ça j'peux pas, se mit-il à crier, en s'agitant nerveusement.

31

La boule ne cesse de grossir.

J'ai un mal fou à respirer.

Il y a trois heures à peine, j'ai fermé les yeux de Billy Vicaire et je viens tout juste de quitter le poste de police de la réserve où j'ai expliqué aux agents les circonstances de sa mort. Ils m'ont demandé de les accompagner à l'endroit précis afin qu'ils puissent récupérer sa dépouille.

Même si je ne le connaissais que depuis peu, le décès de Billy m'afflige plus profondément que je ne l'aurais cru. On dirait que cet homme a toujours fait partie de ma vie. Il est vrai que mon enfance a été bercée par toutes les histoires qu'on racontait à son sujet. Aucun lien de parenté entre lui et moi. Mais comme je souhaiterais que son sang coule dans mes veines, que ses gènes m'aient été transmis d'une quelconque façon.

Billy n'est plus, mais il me restera toujours en mémoire les moments précieux passés en sa compagnie. Jamais je n'oublierai les subtiles leçons de vie qu'il m'a servies avec tant de doigté au cours de cette singulière partie de pêche.

*

J'approche du sentier me conduisant au chalet.

La tristesse et la reconnaissance se côtoient dans ma tête. Des Billy Vicaire, ça ne devrait jamais mourir que je me répète. J'étouffe. J'ai besoin d'évacuer le trop-plein d'émotion qui me submerge. Je rentre au chalet en vitesse, jette mes vêtements sur le lit et enfile short et espadrilles.

Direction forêt.

Courir. Vite et loin.

À chaque pas, me délester de ce mélange de peine et d'agressivité qui m'habite. Laisser tomber au pied de chaque arbre toute l'amertume que je ressens. Au troisième kilomètre, ma foulée se stabilise un peu et je trouve enfin un semblant de rythme. Ma respiration n'en reste pas moins saccadée et je sens les larmes poindre à la commissure de mes paupières. Je les refoule et accélère le tempo. Au sixième kilomètre, je n'en peux plus de cette cadence effrénée qui n'est pas vraiment la mienne. La sueur me coule entre les omoplates, mes mollets crient grâce, mais je n'ai cesse de fouler le sentier avec les dernières énergies qu'il me reste.

Au neuvième kilomètre, un corps étranger se glisse dans une de mes espadrilles et se loge sous mon pied. Petit à petit, ma pensée se détache de Billy pour se concentrer sur mes pas. Sur cette maudite petite chose qui me martyrise la plante du pied et qu'on croirait grosse comme une montagne. Forcée de capituler, je rentre finalement au chalet en boitillant. Épuisée, je m'affale sur les marches du perron. Sans perdre une minute, j'enlève ma chaussure pour en extraire l'intrus. Un minuscule caillou gris.

*

Je passe ma dernière nuit à l'hôtel Restigouche. L'histoire de Billy toujours dans mon esprit.

Il me tarde de passer à autre chose. J'éprouve soudainement un urgent besoin de reprendre ma vie là où je l'ai laissée. Et je ressens une grande lassitude qui me gagne petit à petit. Il me faut absolument prendre un peu de repos. Demain matin, je pars très tôt. Je jette mes effets pêle-mêle dans ma valise, pressée de gagner le lit. Je tourne et retourne pourtant sans arriver à m'endormir.

La tête trop pleine de Billy.

De son histoire.

De sa mort.

Impossible de fermer l'œil. Je me lève, avale un verre d'eau, vire en rond dans cette chambre dont le décor ne me permet pas d'oublier où je suis. Cadres, lampes de chevet, couvre-lit et rideaux, tout reflète le même thème : la pêche à la mouche.

D'un geste machinal, j'ouvre ma tablette électronique et tape *Loi sur les Indiens*. Le site de Wikipédia s'affiche sur mon écran.

> Le premier texte de loi de la Loi sur les Indiens voit le jour en 1867. Ensuite, le texte de loi se modernise avec la Loi sur les Sauvages en 1876 et l'Acte relatif aux Sauvages en 1881.
>
> En 1971, l'article de la loi mentionnant l'interdiction faite aux Indiens d'acheter ou de vendre de l'alcool est aboli. À la même époque, un débat public a lieu concernant une disposition de la loi faisant en sorte qu'une femme amérindienne perd son statut lorsqu'elle se marie à un non-Amérindien. En 1973, un jugement controversé de la Cour suprême du Canada soutiendra que cette disposition n'est pas discriminatoire. Cette

   Le silence de la Restigouche

disposition, ainsi que plusieurs autres, sera abrogée lors de l'entrée en vigueur des modifications à la loi C-31 déposée le 28 juin 1985.

Un second article déniché sur le web m'amène ensuite à lire un bref extrait traitant d'un certain Richard Pratt. Celui même qui, vers la fin du siècle dernier, avait créé la controverse en mettant sur pied une école hors réserve pour les Indiens du Dakota. Sa vision était l'assimilation des Indiens et sa malheureuse phrase « *Kill the Indian, Save the Man* » est désormais passée à l'histoire.

Force m'est de constater qu'être Autochtone en Amérique du Nord correspond à une lutte de tous les instants. À des années et des années de lutte et de revendications pour obtenir le droit d'être traité de façon équitable.

J'avais maintenant les paupières lourdes de sommeil et je tombais littéralement de fatigue.

32

Jim Barnaby souriait de bon cœur.

Pour la première fois depuis trois ans.

Il le savait. Il l'avait toujours su. Sa Meaghan ne s'était pas suicidée. On l'avait attirée dans un guêpier. On l'avait battue, violée peut-être, et on l'avait ensuite suspendue à une corde pour faire croire à un suicide.

Il avait eu raison d'embaucher ce Jeremy Wilmot. Cela lui avait coûté une petite fortune, mais ses machines à sous rapportaient bien. Et autant mettre l'argent à la recherche de la vérité plutôt que de l'engloutir dans la drogue. Le commerce illicite de son fils Steeve dans son dépanneur et les coûts faramineux qu'il devait payer en frais d'avocats pour le sortir de ses mauvais draps, c'était fini. Terminé. Point à la ligne.

Il se félicita de ses récentes décisions, même si cela lui coûterait sûrement aussi cher que l'agrandissement qu'il avait prévu à son dépanneur. C'est qu'il avait changé, le Jim Barnaby, après le décès de sa fille. Transformé comme une forêt rasée par le passage d'un ouragan. Devenu plus taciturne et renfermé sur lui-même, il se sentit tout d'un coup libéré d'un poids immense. Ce qu'il venait d'apprendre n'allait pas ressusciter sa fille, mais cela allait lui rendre sa dignité. Un peu tard peut-être mais, pour ceux de la famille qui restaient, cela n'avait pas de prix.

Et surtout, cela allait montrer au pays tout entier que ce n'est pas parce qu'on est né sur une réserve qu'on n'a pas droit à la justice. La vraie justice.

Encore fallait-il que le témoin découvert par Jeremy Wilmot le mène aux véritables coupables et qu'un procès ait lieu.

– Mais, Jeremy, si ce Lucien Martel est un simple d'esprit, comment vas-tu rendre son témoignage crédible ? Et comment vas-tu réussir à lui délier la langue au sujet des gars qui ont assassiné ma fille ? Ça va prendre des preuves, non ?

– Délier des langues ? Trouver des preuves ? Ça, c'est mon boulot. C'est pour ça que tu me paies, répondit Jeremy Wilmot, d'un ton triomphant.

Et il sortit du dépanneur. Sans même se retourner, il lança :

« Oublierais-tu ce que je t'ai dit le premier jour où tu m'as embauché, Jim Barnaby ? Un indice mène invariablement à un autre indice. »

33

Cette fois-ci, l'avion se posa sans encombre. Tout en douceur.

C'était plutôt au creux de mon ventre que se déroulait la tempête. Avec une apparente désinvolture, j'entrai dans l'aire des arrivées. Personne n'était venu à ma rencontre mais, par habitude sûrement, je me mis à scruter les alentours du coin de l'œil, comme un phare qui aurait voulu balayer l'aéroport tout entier. Des familles, des parents, des amis, des guides touristiques, des agents de voyage, des conducteurs de taxis : une foule bigarrée formée de mille yeux à la recherche du voyageur attendu.

*

Depuis quelques semaines, je suis rentrée à New York.

Je poursuis mon chemin.

Celui de Billy s'est arrêté il y a maintenant un peu plus d'un mois. Sur la couche d'un cervidé, au pied de sa maison flottante.

Le dernier des véritables guides de pêche de la région s'est éteint doucement. Bercé par le murmure de la rivière et sûrement porté dans l'au-delà sur les ailes d'une grande bernache.

Et ce matin, l'été dégoutte sur New York détrempant la ville et mon humeur.

De ma fenêtre, je ne vois plus ma rue, toute camouflée qu'elle est sous une couverture de parapluies. Du ventre de la ville monte une rumeur assourdissante. Ronflements de moteurs au ralenti, grondements de motos rutilantes, crissements de pneus sur l'asphalte mouillée, mugissements de sirènes au loin là-bas, où j'entrevois quelques grues s'étirer le cou au-dessus des bâtiments en construction. À part quelques taches de vert annonçant un parc ici et là, pas d'autre verdure à l'horizon. Encore moins de biches aux oreilles tendues, de cerfs à la queue en panache, d'ours à la recherche de nourriture. Que des chiens en laisse grattant un poteau, reniflant un caniveau, cherchant une plaque de terre quelconque où se soulager.

Dieu! Qu'on est loin du calme de la rivière et de ses giboyeuses forêts!

Je soupire et referme le rideau sur la ville et ses débordements. Heureusement qu'il fait bon à l'intérieur. Le chat me frôle les mollets de sa longue queue touffue en ronronnant comme une cafetière. Je le caresse d'une main distraite. Mon corps est à New York, mais mon esprit est toujours à la Restigouche. La pensée de Billy continue à me trotter dans la tête. Pendant mes réunions de travail, en plein milieu de mes nuits, je le vois. Il faut que je retourne là-bas. Ma décision est prise. Le temps d'organiser mon travail, de mettre quelques dossiers en ordre et je repars. Je dois par tous les moyens tenter de retracer Simon Vicaire. La promesse que m'a arrachée son grand-père juste avant de mourir me hante. Je l'ai faite bien innocemment, cette étrange promesse, désireuse que j'étais de répondre au dernier désir d'un mourant.

Mais je l'ai faite quand même.

Me voilà maintenant prise avec le devoir de la respecter.

Et puis, à bien y penser, je lui dois bien ça à Billy Vicaire. Lui, si fidèle aux siens, si soucieux des traditions. Lui qui m'a enseigné tant de choses sur les Autochtones, sur la vie, sur moi-même... Tout ça, rien que le temps d'une partie de pêche.

*

Le vol se passe bien. L'avion se pose avec quelques minutes d'avance sur l'horaire prévu.

Je récupère la jeep de location et prends aussitôt la route en direction de la rivière. En tout début de soirée, je gagne le chalet en bois rond qui m'abritera pendant les prochains jours. Pressée de m'y installer, j'y dépose mes effets avant de me rendre au dépanneur faire quelques provisions.

Le lendemain, à l'aube, ce sont des jappements de chien qui me tirent de mon sommeil. Ils semblent loin, mais je devine que quelque chose d'anormal les tient ainsi en alerte. De ma fenêtre, j'aperçois une bête énorme, le panache velu garni d'un nombre impressionnant de pointes.

Un patriarche, assurément !

La bête tond goulûment le gazon lorsqu'elle sent ma présence derrière le carreau. L'orignal s'immobilise un instant avant de diriger son long museau dans ma direction. Bizarre, mais on dirait que ce géant me salue du chef, un bref instant, avant de disparaître entre les branches des sapins qui le dissimulent aussitôt à ma vue. Cela m'a toujours impressionnée de voir comment cet animal, malgré sa taille imposante, peut se déplacer dans la forêt dense presque aussi silencieusement qu'un chat.

J'éprouve une sensation étrange.

Un vieil ami de Billy, peut-être, qui me salue de sa part... Je me frotte les yeux, me demandant si je n'ai pas rêvé tout cela. Heureusement que j'aperçois les pistes laissées par les sabots du géant. Ses traces enfoncées dans le sol ne laissent planer aucun doute quant à son passage.

Le chalet rustique est niché dans un creux des monts. Bien blotti à l'ombre de grandes épinettes. Un ciel bleu vif au-dessus de sa tête, une majestueuse rivière au débit tranquille à ses pieds et, en face, les sommets verdoyants des Appalaches.

Rendue à la dernière goutte de mon deuxième café, je me décide enfin à bouger. Il faut bien que je me rende à la réserve même si plus rien n'y doit être pareil depuis le départ de Billy. J'ai donné rendez-vous aux parents de Simon. Sa mère, Pamela, a accepté de me recevoir lorsque j'ai mentionné que c'était pour lui parler de son fils.

Le village de Billy me paraît bien tranquille. À l'entrée de la réserve, je ralentis. Les petites maisons de bois peintes aux couleurs criardes se moquent de celles plus grisonnantes tapissées de bardeaux vieillis. Leurs devantures sans gazon ni fleurs affichent une nudité désarmante. Ici et là, quelques chiens sans collier. Bâtards aux poils hirsutes, vagabondant d'une propriété à l'autre, absolument libres de toute contrainte. Des véhicules tout-terrains dans chacune des cours, des camionnettes comme unique type de voitures, des piles de bois de chauffage cordées avec symétrie le long des fondations.

Au milieu du village, l'imposante église de brique brune allonge sa flèche vers le ciel comme une prière. Tout autour, le monastère des Capucins, fier témoin du passé ; le cimetière parsemé de petites croix blanches religieusement alignées ; le centre des loisirs qui détonne par sa surprenante structure moderne et ses dimensions impressionnantes.

Encadrant le tout, la majestueuse rivière Restigouche, flanquée de chaque côté par la non moins impressionnante chaîne des Appalaches. Les Blancs d'un bord, les Amérindiens de l'autre. Après des décennies, quelques indécis… toujours écartelés entre les deux rives.

Un lieu particulier. Un décor unique. D'une beauté indéniable.

Personne en vue. Aucun signe du train-train quotidien à l'horizon. Je gare la jeep face à la Restigouche. La surface de l'eau est lisse et brillante comme une tache d'huile.

Pas un souffle de vent ne décoiffe les arbres.

Le temps s'est arrêté.

Un peu comme une automate, je roule jusqu'au monastère des Capucins. Il m'importe de savoir où se trouve la dépouille de Billy. Le père Boudrault me reçoit avec toute la courtoisie du monde sitôt que le concierge lui eut expliqué qui j'étais et le motif de ma visite. Sa longue barbe blanche trahit son âge. Ses yeux tristes expriment combien Billy lui manque déjà.

— Billy Vicaire était bien plus qu'un simple paroissien. C'était un ami. Mon grand ami.

— Saviez-vous que j'étais à ses côtés lorsqu'il est mort ? Il est mort à la rivière. Au bout de son âge. Tout près de la fosse du *Coude du Diable*.

À peine ces quelques mots prononcés, je sens ma gorge se nouer. Le père Boudrault ne vaut guère mieux, les mains crispées, les paupières baissées pour tenter de camoufler sa peine.

— On m'a dit qu'il s'est éteint sur la couche d'un cerf.

— C'est exact.

— C'était à prévoir. Il passait toutes ses journées sur la rivière dès le printemps.

— Et on a identifié la cause exacte ?

— Pas vraiment. Aucun signe de souffrance apparent.

— Une belle mort, quoi !

— On peut dire ainsi, je suppose.

En souvenir de Billy, peut-être, le père Boudrault m'offre le thé. Le vieux parloir du monastère fait remonter à ma mémoire un souvenir d'enfance, du temps où, avec ma famille, nous visitions une tante entrée en religion. Tout, dans le décor de cette pièce, me rappelle le couvent des religieuses. Rien ne semble avoir changé. Le mobilier d'époque en bois verni, les chaises à fond tressé, les cadres austères représentant quelques saints du ciel et les chandeliers en cuivre garnis de cierges dont le blanc immaculé est chose du passé.

Nous buvons notre thé sans mot dire. C'est le moment que choisit la ménagère pour venir déposer sur la table basse un plateau de biscuits au sucre fraîchement cuisinés. Elle s'efface aussitôt sans faire de bruit. Le rideau de tulle se met soudainement à danser devant la moustiquaire. La brise nous rappelle à la vie.

— J'étais venue vous demander si vous auriez l'amabilité de me conduire à la dépouille de Billy. Je souhaiterais y déposer un petit bouquet.

– Bien sûr. Où ai-je donc la tête ? C'est moi qui aurais dû vous le proposer d'emblée.

En quittant le cimetière, je me mets à fureter aux alentours, cherchant l'endroit décrit par Billy. Le lieu où il aurait déposé ces pierres… tel qu'il me l'a raconté. À force d'examiner à gauche et à droite, je finis par dénicher l'endroit.

Songeuse, je me mis à ressasser l'histoire cachée sous chacune d'elle.

Je remontai dans la jeep et suivis les instructions du père Boudrault pour me rendre jusqu'à la maison de Lester et Pamela Vicaire. En route, je passai devant le dépanneur des Barnaby. Sans surprise, je vis des ouvriers à l'œuvre. Un sixième tentacule s'ajoutait à la maison familiale. « Une façon comme une autre d'oublier la triste fin de leur fille », me fis-je la réflexion.

Après quelques détours, je frappe enfin chez les Vicaire. C'est Pamela elle-même qui m'ouvre.

– Je suis une connaissance de… enfin… j'étais une amie de votre beau-père, Billy Vicaire.

– Bienvenue dans notre maison, me dit-elle aussitôt, affichant un sourire affable.

Pamela Vicaire m'est immédiatement sympathique et je lui en dis un peu plus sur la raison de ma présence chez elle. Je lui explique que je suis native du coin, que je travaille dans une maison d'édition à New York, mais que je reviens régulièrement ici pour pêcher le saumon.

– J'ai fait la connaissance de Billy lors d'une partie de pêche et il m'a fait des confidences. Des choses… personnelles, mais aussi très importantes dont je devrai m'entretenir avec Simon, éventuellement. J'en ai fait la promesse à Billy. Je dois vous dire que j'ai été la dernière personne qu'il a guidée.

     Le silence de la Restigouche

Enfin... c'était moi qui étais à ses côtés lorsqu'il est mort.

L'étonnement de Pamela ne fait que grandir. Mais du moment que je prononce le nom de Simon, c'est avec empressement qu'elle m'invite à boire une tasse de thé et à manger une sucrerie. Invitation qui tombe pile – je n'ai rien avalé de la journée. J'accepte donc sans me faire prier.

– Billy adorait Simon, commence-t-elle, à peine assise. Et de son côté, Simon le lui rendait bien. Il vénérait son grand-père. C'était son idole, son mentor. Mais il s'est passé quelque chose de terrible. Et Simon est parti.

Pamela détourne les yeux et son regard traverse la fenêtre, s'égare quelques instants à travers les fleurs du jardin.

« Je trouve ça tellement triste qu'il n'ait pas renoué véritablement avec son grand-père avant qu'il meure. »

– Est-ce qu'il est venu pour ses funérailles ?

– Il est passé. En coup de vent. Je l'ai aperçu au fond du cimetière lorsqu'on s'apprêtait à mettre le corps de Billy en terre. Il est venu nous embrasser, son père et moi, puis il est reparti avec la même brise qui l'avait emmené.

Pamela Vicaire respire un calme apaisant. Je devine qu'elle doit être une femme remplie d'énergie qui ne se laisse pas décourager à la moindre infortune. À la façon dont elle s'exprime, je conclus également qu'elle est une personne cultivée qui a dû faire de bonnes études, contrairement à la plupart des femmes sur la réserve. Je ne suis donc pas surprise outre mesure lorsqu'elle m'apprend par la suite qu'elle est fille unique et que ses parents lui ont payé des études au pensionnat des religieuses.

– Vous savez, Madame…

– Je vous en prie, appelez-moi Anne.

– D'accord. Vous savez, Anne, mon mari n'a jamais été très bavard et je voudrais l'excuser. Il aurait dû être ici pour vous rencontrer, mais… déjà qu'il a autrefois vécu un deuil qui s'est fort mal cicatrisé… voilà que le départ précipité de Simon ainsi que la mort récente de son père ne font rien pour arranger les choses. Peut-être que moi, je pourrais vous être utile…

Sorti de nulle part, un grand Labrador noir comme le charbon fait irruption dans la pièce et vient flairer de mon côté, détournant le propos de notre conversation. La démarche chancelante de l'animal et la blancheur des poils de son museau trahissent son vieil âge.

« Le chien de Simon, laisse-t-elle tomber. Il est un peu comme nous. Il dépérit un peu plus chaque jour. Tous les soirs, lorsque l'autobus scolaire passe, il s'assoit à l'entrée et continue d'attendre Simon. Comme il le faisait autrefois.

« Lester aussi semble croire que Simon sera à la maison un de ces soirs et qu'il rentrera pour de bon. Je le vois chaque jour lorsqu'il rentre du travail. Il jette toujours un regard circulaire aux alentours. Puis, il se renfrogne lorsqu'il constate l'éternel absence de Simon. Je passe donc mes soirées avec un mari déçu et un chien penaud de ne pas trouver Simon à la maison. Sans parler de mon autre fils, Louis, qui gagne étrangement sa vie à côtoyer la mort au quotidien… à mille lieues d'ici. »

– Je suis vraiment désolée, Pamela. À ce que j'entends, la vie ne doit pas être toujours rose pour vous.

– Mais non. Mais non. Moi, je ne perds jamais espoir. Le jour où Simon reviendra, car je sais qu'il reviendra, je serai là.

Elle sourit et boit une gorgée de thé, puis une deuxième. Son charme opère d'autant plus lorsqu'elle affiche cet air détendu.

J'admire son courage et lui en fais part. Elle sourit de nouveau et s'excuse avant de s'absenter pour un instant. À son retour, elle tient une assiette de biscuits au beurre d'arachides.

« Les préférés de Simon », me dit-elle.

« Je vous disais donc que mon mari ne vous apprendra probablement pas grand-chose. Mais moi, je suis prête à répondre à toutes vos questions… si jamais cela pouvait servir à faire revenir mon fils plus tôt. »

Dans un geste de coquetterie, Pamela ramène une mèche de ses cheveux sur le côté et ajuste une de ses boucles d'oreille. Puis, elle ajoute : « Dites-moi ce que vous avez besoin de savoir et si je peux vous informer de quoi que ce soit susceptible d'aider Simon à faire la paix avec lui-même, j'en serais plus que ravie. »

Je crois que j'arrive à point nommé. Pamela ressent un grand besoin d'en finir avec ces secrets de famille et tous ces non-dits qui empoisonnent leur vie. Celle de feu Billy, celle de son mari Lester et maintenant, celle de Simon.

D'une tasse de thé à l'autre, la conversation coule pendant les quatre heures que je passe en sa compagnie.

J'apprends d'elle la raison du mutisme généralisé de tout le monde au sujet des Bouchard. Il s'agit là d'une coutume de longue date. Une sorte de tradition mêlée de superstition. Pamela m'explique

que lorsqu'un malheur frappe un des leurs, plus on en parle, plus un événement semblable risque de se répéter. Et puisque leurs embrouilles avec les Bouchard s'étendent sur trois générations, il est naturel qu'on fasse tous les efforts possibles pour ne plus les évoquer, même entre eux. Et tous les habitants de la réserve observent la même consigne.

— Il ne faut pas éveiller le chat qui dort, dis-je.

Pamela acquiesce d'un grand signe de tête avant d'ajouter :

— Mais je crois que leurs efforts seront vains. Parce que de toute manière, ce que les familles s'efforcent à taire avec trop d'acharnement, la rue finit toujours par le crier sur tous les toits.

Pamela n'est pas du tout d'avis qu'il faille se taire et, ce jour-là, elle transgresse la règle en me dévoilant les détails de la saga que Billy m'avait déjà racontée.

« Tout ce mutisme, ce n'est que chimère, lâche-t-elle avec frustration. Si Billy avait tout raconté à Lester et si Lester avait à son tour tout dévoilé à Simon, peut-être que celui-ci aurait agi autrement. Et peut-être qu'aujourd'hui, Meaghan serait encore vivante. Et surtout, peut-être que mon fils serait avec nous à la maison. »

— Peut-être que oui, peut-être que non, ajoutai-je, dans un effort pour qu'elle se sente un peu moins responsable des malheurs qui frappent sa famille. Qui peut prédire les événements ?

— Je ne sais pas. Mais s'il faut que je parle pour que Simon revienne et que mon mari fasse enfin une croix sur son passé, je n'hésiterai pas un instant à le faire.

Je la fixe profondément dans les yeux. Pamela hésite à peine avant de plonger tête première dans la mare des mauvais souvenirs dans laquelle semble s'être noyée sa belle-famille. Souvenirs qui sont restés greffés dans leurs mémoires.

À quelques détails près, la version des événements rapportés par Pamela vient corroborer celle que Billy m'avait racontée.

« C'est étrange que vous soyez venue aujourd'hui même », déclara Pamela.

– Pourquoi dites-vous ça ?

– Parce que, voyez-vous, nous venons d'apprendre une autre nouvelle... qui touche Simon et qui le soulagera certainement.

– Ah oui ?

Et Pamela m'expliqua comment l'enquêteur embauché par Jim Barnaby, un dénommé Jeremy Wilmot, avait réussi à dénicher des preuves que Meaghan ne s'était vraisemblablement pas suicidée. Il s'agirait plutôt d'un meurtre camouflé.

Devant mon étonnement, Pamela me raconta les détails de cette sordide histoire.

– Paraît-il qu'un témoin de toute la scène du décès de Meaghan a refait surface et que le complice de Gordon Brown est passé aux aveux. D'abord un simple d'esprit qui se trouvait par hasard aux alentours du camp de Billy et qui aurait tout vu. À partir de là, l'enquêteur aurait remonté la piste jusqu'à un second témoin, celui qui accompagnait le véritable coupable. Pressé par les détails de plus en plus compromettants avancés par l'enquêteur et rongé par la culpabilité, l'individu en question aurait craqué et aurait alors raconté une autre version des faits que celle transmise par les policiers à l'époque.

« Le soir de la graduation, Gordon Brown aurait pété les plombs en apprenant que sa blonde l'avait laissé en plan en plein milieu du bal des finissants pour aller rejoindre Simon. Isabelle a préféré ce maudit Indien, qu'il aurait dit. Fou de rage, il aurait immédiatement voulu se venger de Simon en se servant à son tour de sa petite amie Meaghan. Il lui a tendu un piège grâce à un subterfuge et, accompagné d'un de ses amis, il l'aurait attirée au vieux camp de Billy. Se faisant passer pour Simon, Gordon Brown aurait envoyé un message à Meaghan l'enjoignant de l'y retrouver. À ce qu'on dit, il aurait envoyé ce message à partir du téléphone cellulaire de son oncle policier, histoire de ne pas attirer les soupçons sur lui.

« Lorsque Meaghan est arrivée, Gordon lui aurait sauté dessus comme un enragé. Il aurait essayé de la violer, mais elle se défendait becs et ongles. Gordon l'aurait frappée. La tête de Meaghan aurait heurté le poêle de fonte et elle serait morte sur le coup. Paniqués, ses agresseurs auraient tenté de dissimuler le meurtre par un suicide. Dans sa confession, le complice fournit de sérieux éléments de preuve. Paraît qu'il est même prêt à venir témoigner. Je crois que ce Gordon Brown va finalement se faire épingler. »

— Mais les policiers, Pamela, ils ont dû enquêter dans le temps, non ? Il me semble que si Meaghan avait reçu un coup mortel à la tête, cela aurait dû paraître dans le rapport d'autopsie.

— Justement. Il n'a jamais été mention d'un coup à la tête dans le rapport d'autopsie.

— Mais ça ne tient pas la route… il est évident que le coroner a vu des traces de pareille blessure…

– Le coroner, c'était qui, vous pensez ? Un grand ami des parents de Gordon Brown ! Désolée de vous apprendre que les choses n'ont malheureusement pas tellement changé en ce qui concerne la justice et les Autochtones.

Pamela Vicaire serra les dents, elle-même déconcertée par ce constat.

« Ce sont souvent eux qui écopent lorsqu'une situation tourne au vinaigre, continua-t-elle. Pas question qu'un Blanc soit tenu responsable des malheurs d'une simple Indienne. Mais il semble que, cette fois-ci, l'un d'entre eux va payer pour son crime. Et mon Simon cessera peut-être de se sentir coupable du décès de Meaghan et finira par mettre toute cette tragédie derrière lui. »

– Lui avez-vous dit à Simon ?

– Nous venons de l'apprendre ce matin même de la bouche de Jim Barnaby. J'ai cru qu'il serait bon que ce soit Lester qui se charge d'en informer Simon.

Peu avant que je parte, Pamela me fit le cadeau de m'ouvrir son album de famille. Je vis enfin le visage de Simon. Il est superbe ! Beaucoup plus que je ne l'avais imaginé. Un corps d'athlète, une tête sympathique, le visage lumineux de Pamela et les yeux intelligents de son grand-père.

– Avec ce regard franc et cette détermination dans le regard, il pourrait bien faire de grandes choses, votre fils.

– C'est ce que ne cessait de lui répéter son grand-père... et c'est ce que j'ai toujours cru moi-même.

Lorsque je quittai Pamela, elle me fit promettre de rester en communication avec elle et surtout de l'informer du moment où je rencontrerais Simon.

« Il fait des études de droit, vous savez. Il veut avoir la chance de changer des choses, comme il dit. Rien de moins. »

— Vous avez sûrement beaucoup de raisons d'être fière de votre fils, lui dis-je. S'il ressemble à son grand-père, je ne doute pas qu'il ait aussi beaucoup de détermination.

— S'il ressemble à Billy, vous dites ? Comme deux gouttes d'eau !

Pamela me donna les coordonnées de Simon à Québec et nous avons échangé nos adresses électroniques. Rendue à la porte, je lui tendis la main mais, à mon agréable surprise, Pamela choisit plutôt de m'embrasser chaleureusement, en me remerciant de l'aider à retrouver son fils.

« Mon Simon d'avant », ajouta-t-elle.

34

J'adore Québec.

Avec son château juché à tout vent sur son promontoire, ses ruelles étroites à califourchon les unes sur les autres, son passé si riche d'histoire, son statut d'unique ville fortifiée d'Amérique du Nord, elle figure assurément parmi les plus belles villes au monde. Du moins, pour moi.

Décidant de joindre l'utile à l'agréable, j'y choisis une auberge de charme, le Saint-Antoine, à proximité du Vieux-Port. Sitôt mon petit bagage défait, je récupère le numéro de téléphone de Simon. Ça sonne plusieurs fois, mais personne ne répond. Je lui laisse le message de me rappeler aussitôt que possible. Craignant peut-être un non-retour d'appel, j'ajoute : « Je souhaiterais te parler de Billy… et d'Isabelle aussi. »

L'appel de Simon ne tarde pas. On se donne rendez-vous *Au Temps perdu*, un petit café, avenue Myrand, très fréquenté par les étudiants de l'université. Un peu tendue, j'arrive avec quelques minutes d'avance. Devant l'entrée, j'hésite un peu. Pas que je sois nerveuse de le rencontrer, mais je ne sais trop comment l'aborder. Mes yeux balaient l'intérieur du café, à la recherche de Simon Vicaire.

Il est là. Je le reconnais tout de suite.

Il est arrivé, lui aussi, avec un peu d'avance.

Je m'approche. Il se lève, me tend chaleureusement la main. Je le trouve encore plus impressionnant que sur les photos de l'album de Pamela. Simon est devenu un homme. Un bel homme à la stature imposante. Un visage expressif, une chevelure abondante qu'il porte mi-longue. Mais surtout, des yeux brillants. Un regard fier qui ressemble à s'y méprendre à celui de son grand-père.

J'avais pensé me retrouver face à un jeune quelque peu téméraire et pressé de prendre congé de moi, ce qui n'est aucunement le cas. Billy avait vu juste. Son petit-fils a une personnalité forte, un aplomb hors de l'ordinaire et est manifestement doué d'une intelligence remarquable.

Il me parle longuement de son enfance en pleine nature, de ses années à l'école et, bien sûr, de son amour inconditionnel pour son grand-père. Mais jamais une seule fois, il ne prononce les noms de Meaghan... ou encore d'Isabelle.

De mon côté, je lui relate ma rencontre avec Billy, notre longue partie de pêche, ses confidences égrenées au fil des jours. Bien décidée à m'acquitter de ma promesse faite in extremis à son grand-père mourant, je cherche les mots pour aborder le délicat sujet. Mais il se fait tard et je souhaite apprivoiser un peu plus Simon avant de commencer à parler de ses secrets de famille. Je lui propose donc que nous nous revoyions, mais Simon insiste pour que je poursuive le soir même.

Je m'arme donc de courage et lance une première question que je ne sais trop comment formuler.

— Tu ne m'as pas parlé d'Isabelle Bouchard ? Tu l'as revue ?

Simon ne répond pas d'emblée. Il pousse son assiette de quelques centimètres, nettoie du revers de la main trois ou quatre miettes tombées sur la nappe avant de donner une réponse.

— Je ne l'ai jamais revue. Jusqu'à un certain point, j'ai suivi les conseils de mon grand-père. « Les bernaches ne s'accouplent pas avec les oies blanches », laisse-t-il tomber, l'air résigné.

— Et si ce n'était pas exactement cela que ton grand-père avait voulu te laisser comme message...

— Qu'en savez-vous ? répondit-il prestement.

— Tu peux me tutoyer, Simon. C'est que... ton grand-père m'en a glissé mot un de ces soirs de pêche. Et il m'a surtout laissé un autre message clair à ce sujet. Juste avant de mourir.

Simon déglutit. Je lui expliquai dans quelles circonstances j'étais devenue, en quelque sorte, la confidente de son grand-père. J'étais sûrement arrivée à la rivière au moment précis où Billy sentait sa fin approcher. Comme je connaissais les Bouchard, il avait probablement eu envie de parler d'eux. Peut-être par besoin de se vider le cœur. Ou encore par envie de se raconter... une dernière fois. J'étais celle qui s'était trouvée sur sa route aux derniers kilomètres de sa vie.

Le serveur apporte nos desserts. Simon attaque la mousse à l'érable par la crème fouettée, mais il n'a pas vraiment faim. Moi non plus. Simultanément, nous déposons nos cuillères, délaissant ce délice sur lequel nous nous serions goulûment précipités en d'autres circonstances. Je demande un expresso. Simon, un capuccino. Il a un faible pour la crème fouettée, me confesse-t-il.

Simon attend la suite. Des points d'interrogation plein les yeux.

« Ton grand-père m'a confié que pas un jour de sa vie il n'avait cessé de penser à cette Blanche. Bélinda Robichaud. Une femme qu'il a beaucoup aimée. À s'imaginer ce qu'aurait été sa vie avec elle. À se dire que chaque règle comporte des exceptions… À penser que, peut-être il devrait y en avoir une, une exception à la règle des bernaches avec les oies blanches… Tu sais, Simon, tu ne laisseras pas ta trace à toi si tu marches exactement dans les mêmes pas que ton grand-père. C'est ce que disait Billy… »

Simon faillit s'étouffer. J'en ai sûrement trop dévoilé d'un seul coup. Déposant sa tasse de café, il me toise de ses grands yeux interrogateurs, tout à fait incrédule.

— Mon grand-père a aimé une Blanche ? C'est vrai ? Et il vous a dit ça… il t'a vraiment dit ça au sujet des bernaches et des oies blanches ?

— Exactement dans ces termes-là.

— Et qui c'est, cette Bélinda Robichaud ? Tu veux dire que tu sais… que tu connais nos secrets de famille ?

— Je crois bien que oui. Peut-être devrions-nous vraiment reprendre tout ça un autre soir. Je suis à Québec pour quelques jours.

Il veut tout savoir.

Aujourd'hui et maintenant.

Il y a déjà trop de temps qu'il attend ce moment.

Simon avale d'un trait la moitié de son verre d'eau. Il passe lentement sa main dans ses cheveux, réfléchit un moment, semble hésiter, puis plonge de plein fouet dans le passé qu'il tentait en vain de chasser depuis quelques années déjà.

Il veut savoir exactement ce que pensait Billy sur les oies et les bernaches… Il est prêt à tout entendre. Tout ! insiste-t-il.

Je lui parle de Bélinda Robichaud, de Rebecca et de son enfant, je vais jusqu'à lui raconter la présence des pierres au fond du cimetière… mais ça, il le savait déjà et c'est à son tour de m'expliquer les circonstances de leur découverte.

Je finis par lui rapporter l'ultime message de son grand-père. Je lui raconte qu'avec le temps, Billy en était arrivé à de nouvelles conclusions au sujet de leur saga familiale. Qu'il était inutile de résister aux forces de la nature, qui plus est, aux *aurores boréales*. Mieux valait faire avec. Par le biais de ces révélations, Billy souhaitait le convaincre, lui, Simon, de ne pas suivre son exemple. De briser ce cercle infernal qui étouffe sa famille.

Sidéré, Simon n'arrive qu'à répéter en boucle les seules et mêmes questions.

— Il t'a vraiment dit ça ? Il a réellement mentionné les aurores boréales, les oies blanches avec les bernaches ?

— Oui. Ce sont là ses mots exacts. Je te le jure, Simon.

J'entrecoupe mon récit de quelques minutes de silence. Plus je parle, plus il me bombarde de questions. Il est avide de tout savoir. On dirait un puits sans fond.

Nous commandons un second café.

J'ose finalement demander à nouveau :

— Et toi, Simon ? Tu l'as oubliée, Isabelle ?

— Jamais ! Pas plus que Meaghan, d'ailleurs.

Sa voix tremblote et je vois son visage virer à la tempête.

« Meaghan, ce fut une grande déchirure… que je ne pourrai jamais rapiécer. »

— Meaghan est morte. Isabelle vit toujours.

Je crois percevoir une éclaircie dans son regard.

— C'était elle. L'aurore boréale.

— Et tu n'as jamais cherché à la revoir ?

– Jamais. Malgré qu'au début, elle ait fait bien des efforts pour qu'on se voie. Je sais qu'elle est stagiaire au *Toronto Star*. J'achète toujours le journal. Les fins de semaine. Parfois, elle signe un article.

À la façon dont il me regarde, il sait très bien que ni lui ni moi ne sommes dupes de ce prétexte qu'il utilise rien que pour rester en contact avec Isabelle Bouchard.

Il se faisait très tard. Nous étions tous les deux épuisés. Cette fois, ce fut Simon qui proposa qu'on en reste là pour aujourd'hui, insistant cependant pour qu'on se revoie avant mon départ pour New York.

Simon quitta le café en affichant un air que je n'arrivais pas à définir. À mi-chemin entre la mélancolie et le soulagement. Il me promit qu'on se reverrait dans deux jours. Il aurait sûrement d'autres questions… au sujet de Billy.

Je passai les quelques jours qui suivirent à déambuler dans le Vieux-Québec. Pour en admirer chacun des quartiers. Visiter deux ou trois musées. Flâner dans les galeries d'art et magasiner dans les boutiques d'artisanat du Petit Champlain.

Sur l'esplanade des Plaines d'Abraham, j'étais assise sur un banc lorsque j'aperçus une volée de bernaches fendant le ciel au-dessus du Saint-Laurent. C'était un tableau magnifique. Lorsqu'elles passèrent à portée de voix, je les entendis cacarder à tue-tête.

Je pensai à Billy.

Je revis l'éclair d'espoir dans ses yeux lorsqu'il m'avait fait part de son souhait que ses conseils puissent servir à faire le bonheur de Simon.

Me revint surtout en mémoire cette fameuse phrase qu'il avait laissée s'échapper et que j'avais eu bien de la difficulté à déchiffrer :

« La vie m'a appris qu'il valait mieux réunir la bernache et l'oie blanche plutôt que de tout faire pour les tenir éloignées. »

Et c'est à la vue de cette volée de bernaches qu'une idée s'immisça en moi pour la première fois.

Mais, à peine née, je l'ai étouffée tant elle m'apparaissait impossible.

35

C'est un autre Simon Vicaire que je vis arriver le surlendemain. Plus détendu. Moins absorbé dans ses pensées. Sûrement qu'il avait reçu l'appel de son père lui apprenant les récents revirements de situation au sujet du décès de Meaghan.

Cette fois, il vint me rencontrer au lobby de l'hôtel. On s'est installés au bar, à une petite table à l'écart. Devant une vitrine d'où nous pouvions voir déambuler les gens sur le trottoir. Il commençait à pleuvoir. Les parapluies s'ouvraient les uns après les autres, déployant leurs jolis motifs multicolores.

Notre conversation recommença de plus belle. Comme si nous ne nous étions pas quittés depuis le souper de l'autre soir. Simon me dit que notre rencontre de l'avant-veille lui avait procuré un énorme soulagement. Que notre conversation avait constitué une espèce d'exutoire. Mais ce qu'il avait surtout aimé, c'est que, tout en m'entendant, il avait eu l'impression de revoir son grand-père.

— Vos révélations ont ressuscité Billy dans mon esprit.

— Tant mieux ! Tant mieux, Simon, répétai-je, à la fois heureuse de ce dénouement et soulagée du poids d'une promesse qui me pesait.

Je commandai un verre de Saint-Émilion. Simon, son éternel capuccino.

Dehors, les piétons pressaient le pas, poussés par la pluie qui redoublait d'ardeur. L'humidité gagnait la pièce. Le serveur craqua une allumette dans le foyer de pierre donnant naissance à une flamme qui eut tôt fait de capter nos regards.

– Cette flamme me rappelle les feux de camps allumés par mon grand-père.

– J'ai eu le bonheur d'en partager quelques-uns avec lui. C'était d'ailleurs une fois le feu allumé que Billy se laissait le plus aller à la confidence.

Sitôt le mot confidence prononcé, Simon voulut connaître les moindres détails de mes discussions avec son grand-père. Je repêchai par-ci par-là des bribes de mes conversations avec Billy. Je lui racontai même l'incroyable histoire de son amie l'ourse avec qui Billy menait un trafic de saumon. Mais Simon la connaissait déjà. Et d'autres histoires encore plus invraisemblables quant aux liens que son grand-père avait su entretenir avec les animaux de la forêt.

Je lui parlai enfin de la mort paisible de Billy, sur la couche du cervidé. La soirée se prolongea et ne se termina pas sans que nous tombions sur notre sujet favori : la pêche au saumon.

En me quittant ce soir-là, Simon me lança une invitation à laquelle je ne m'attendais pas du tout et que je ne sus refuser...

36

New York n'était pas encore tout à fait réveillée sous ses gratte-ciels lorsque l'idée me traversa de nouveau l'esprit.

C'était une idée hardie, je le savais. Saugrenue et peu réaliste. Mais elle ne me lâchait pas une seconde. Dès que la ville s'endormait, je me remettais à y penser.

Cette idée saugrenue, disais-je, finit par se pointer effrontément de jour, au beau milieu de ma journée de travail.

En moins de dix clics d'ordinateur, j'avais déjà sous la vue les noms et adresses électroniques de tous ceux qui travaillaient au *Toronto Star*. Parmi eux, bien sûr, les coordonnées d'Isabelle Bouchard.

Je commençai par lui acheminer un premier courriel, l'informant du décès du célèbre guide de pêche de sa région natale, Billy Vicaire. Puis, je laissai mon numéro de téléphone, sachant que le seul nom Vicaire éveillerait assurément sa curiosité. Si, par un heureux hasard, elle avait toujours Simon Vicaire en tête, elle rappliquerait.

Un seul jour d'attente et mon téléphone sonna.

— Isabelle Bouchard du *Toronto Star*, s'annonça-t-elle.

— Merci de me rappeler. Nous étions... j'étais à la recherche d'un journaliste pour rédiger un article sur la vie de Billy Vicaire, qui vient tout juste de mourir. Vous le connaissiez, je crois... Je me disais que ce travail pourrait peut-être vous intéresser.

– Euh, peut-être. Mais… pourquoi moi ? Qui vous a dit que je le connaissais ? Où avez-vous pris mes coordonnées ?

– Eh bien… je cherchais justement une journaliste native de la région de Billy Vicaire, une personne qui aurait bien connu les rivières où il pêchait. Et on m'a donné votre nom.

– Et vous ? Vous le connaissiez, Billy Vicaire ?

– Oui. Une véritable légende, n'est-ce pas ? C'est pourquoi je me disais qu'il ne faut pas laisser partir pareil homme sans écrire à son sujet. À mon avis, il y a là matière à biographie et je crois aussi que…

– C'est que moi, m'interrompit-elle, je ne suis pas du tout journaliste sportive et je ne m'y connais pas tellement en matière de pêche et de saumon.

– Je pourrais vous aider car, voyez-vous, moi je m'y connais…

– Qui êtes-vous, exactement ? trancha-t-elle.

– Je serai justement à Toronto la semaine prochaine, dis-je, d'un ton qui se voulait détaché. On pourrait se rencontrer et voir si cela vous intéresse…

– Oui, si vous venez, autant se voir pour en discuter plus longuement. Pour la suite, on verra.

Notre rendez-vous fut fixé dans le temps de le dire.

*

Dès qu'elle mit pied dans le lobby, ponctuelle comme une horloge, je sus que c'était elle.

Une aurore boréale venait d'illuminer la pièce et tous les regards s'étaient tournés vers elle.

C'est vrai qu'elle était belle. Très belle, même.

Vêtue avec élégance, elle ne portait pourtant rien d'extravagant, mais tout lui allait à merveille. Un veston en daim couleur chameau ouvrant sur un tricot à col roulé, un jeans bleu poudre mettant en valeur ses longues jambes. Talons plats et aucun bijou. Un soupçon de rouge aux joues et une touche de mascara. Une pince retenait ses cheveux blonds habilement torsadés sur sa nuque.

« Pas étonnant que Simon n'ait pu lui résister », me suis-je dit, en lui tendant la main.

Fosse du Pont-Couvert
Mouche Pompier

C'était une journée sublime. Le soleil était encore très chaud pour cette fin de saison.

Exactement comme son grand-père l'avait fait avant lui, Simon m'avait donné rendez-vous pour une partie de pêche sur les fameuses rivières de son enfance. « Une sorte de pèlerinage à la mémoire de Billy », m'avait-il dit.

Simon Vicaire était beau à voir. On aurait dit un autre homme que celui que j'avais rencontré à Québec, il n'y avait pourtant pas si longtemps. Le front haut, le regard dégagé, la physionomie presque réjouie, on aurait dit qu'il avait décidé d'abandonner le passé pour se tourner résolument vers l'avenir.

Il avait des projets et il lui tardait de m'en faire part, m'annonça-t-il d'emblée.

Le jour était à son plus beau lorsque notre embarcation approcha du pont de Routhierville. Un modeste pont couvert en bois, qui enjambait la rivière à un endroit stratégique pour la pêche au saumon. C'est là, à moins de vingt mètres du pont que se trouve l'une des plus belles fosses de la Matapédia. Plus d'une fois, j'y avais connu du succès en retirant de ses eaux quelques saumons impressionnants.

Toute la journée, Simon et moi avons dérivé sur l'eau, nous arrêtant au-dessus des plus belles fosses. De l'aube au coucher du soleil, nous avons lancé nos lignes à l'eau. Simon avait de qui retenir. « À la Billy », il me prêcha que le défi principal de tout pêcheur au saumon était de maîtriser l'habileté du lancer et de comprendre la délicatesse avec laquelle devait se faire la présentation de la mouche. Et, surtout, de ne pas sous-estimer l'instinct farouche de cette bête magnifique.

« Comme le disait si bien mon grand-père : le pêcheur dicte ses lois, mais le saumon n'en fait qu'à sa tête. »

J'avais déjà entendu cette maxime…

Simon avait ferré son saumon dans la matinée et voilà que nous avions droit à un farouche combat entre un superbe 7 kilos et moi. Au bout de plusieurs courses effrénées, entrecoupées de périodes d'accalmie, de quelques sauts acrobatiques hors de l'eau et d'une séance de marsouinage spectaculaire, le poisson finit par s'approcher de notre embarcation.

À mi-cuisse dans l'eau, Simon ne se servit pas de la puise, préférant user d'une technique apprise par son grand-père. Il passa doucement sa main gauche entre deux nageoires puis, de la droite, il encercla la queue du poisson. D'un geste rapide, il souleva ensuite la queue du saumon hors de l'eau, le privant ainsi de toute possibilité de propulsion. Simon décrocha ensuite doucement la mouche de la mandibule de sa proie. Une belle *Pompier* multicolore qui avait bien rempli son rôle.

Simon exultait. Et moi, j'étais pratiquement hystérique.

– Ça y est, je l'ai eu ! Je l'ai eu !

– Je t'ai laissé ta chance aujourd'hui, mais demain ce sera à moi d'attraper le plus gros, d'ajouter Simon.

– Tu ne manques pas d'humilité.

– Je suis petit-fils de Billy Vicaire ! Ne l'oublie pas.

Chacun un saumon par jour, tel était notre quota. La partie était terminée pour aujourd'hui.

Plutôt que de faire demi-tour, Simon mit le moteur en marche et continua en amont.

« J'ai pris des décisions… suite à ta visite à Québec. Et j'aimerais bien que tu me dises ce que tu en penses. »

– Si je peux t'aider. Je veux bien…

– Je vais m'inscrire en sciences politiques.

– Tu ne termines pas ton droit ?

– L'un n'empêche pas l'autre. Je veux être aux premières barricades pour participer aux débats touchant les Autochtones. Cette fameuse *Loi sur les Indiens*, il est temps qu'on la mette à jour. Pour ça, il me faudra faire de la politique.

– Je vois.

– Crois-tu que c'est une bonne idée ?

– Une excellente idée, même. Oui, je crois. Et je crois aussi que c'est ce que Billy aurait souhaité que tu fasses.

Simon baissa les yeux à l'évocation de son grand-père, mais j'eus le temps d'y percevoir passablement de fierté. En fait, je venais de lui confirmer ce qu'il désirait savoir. Est-ce que son grand-père aurait approuvé ses choix ?

Simon poussa notre promenade jusqu'à l'arrivée au *Coude du Diable*. Dans un parfait silence, il contourna la fosse et accosta sur la rive où il dénicha la plus polie des pierres grises striées de noir.

– Si tu veux, Anne, nous irons ensemble la déposer à côté des trois autres, au bout du cimetière.

Profondément émue, j'acquiesçai d'un grand signe de tête.

« Je souhaiterais aussi voir l'emplacement… où mon grand-père est décédé », me demanda-t-il.

– Bien sûr, Simon.

Je pris aussitôt le chemin du petit sentier.

En faisant bien attention de ne pas piétiner les calypsos bleus.

*

Ce soir-là, Simon vint me rejoindre à l'hôtel pour le souper. Dès que je le vis entrer dans le restaurant, je sus que les nouvelles étaient bonnes, tant il avait du soleil plein les yeux.

– Jamais tu ne devineras qui vient de me téléphoner !

– Raconte.

– Isabelle Bouchard !

– Vraiment ?

– Imagine-toi qu'elle veut me rencontrer le week-end prochain. À Québec. C'est invraisemblable, non ? Il paraît qu'elle travaille sur un article majeur. Peut-être une biographie, m'a-t-elle dit. Et sais-tu de qui il s'agit ? Billy Vicaire !

– Incroyable !

– Non, mais, réalises-tu…

– Parfois le hasard fait bien les choses, comme on dit…

Avec l'instinct d'un chien qui flaire une piste, Simon braqua du coup ses grands yeux noirs sur moi, les sourcils en accents circonflexes.

– Ne me dis pas que c'est toi, Anne ?

– Euh… je dirais plutôt que c'est la faute aux bernaches.

38

La juge, une femme d'une soixantaine d'années à la stature imposante et au regard assuré,
assène un coup de maillet sur l'imposant bureau
en chêne.

« La cour est ouverte. »

Dans le box des accusés, les yeux cernés et
le teint blafard, Gordon Brown. D'un côté de la
salle d'audience, le clan Brown au grand com-
plet défendu par Me Terry Williams, un ami de
la famille, descendu tout droit de Montréal pour
prêter main-forte à sa fratrie.

De l'autre bord, Me Henri Mitchell, assisté de
l'enquêteur, Jeremy Wilmot, toujours aussi confiant
en ses méthodes de recherche. Derrière eux, Jim et
Brenda-Lee Barnaby accompagnés d'une imposante délégation de la réserve autochtone.

À la barre des témoins, le premier à com-
paraître. Nul autre que Simon Vicaire. La tête
haute, le regard affûté, en pleine possession de ses
moyens.

Devant le palais de justice, une meute de repor-
ters entourés des caméramans de Radio-Canada.
Microphone en main, la stagiaire en journalisme,
Isabelle Bouchard, fait une mise au point. « Cinq
ans après le décès, dans des circonstances pour
le moins nébuleuses, de Meaghan Barnaby, une
jeune Autochtone de 16 ans, est-ce que la lumière
sera enfin faite dans ce procès qui confronte
encore une fois Blancs et Autochtones dans un

   Le silence de la Restigouche

chassé-croisé regroupant les descendances anglophones, francophones et mi'gmaques ? »

*

Au bout d'une semaine de procès, le maillet de la justice résonne à nouveau.

Verdict : coupable !

Simon Vicaire serre fermement la main d'Isabelle dans la sienne. Enfin, ils vont pouvoir s'aimer librement, soulagés du poids de la culpabilité liée à la mort de Meaghan.

Avant de sortir, Simon fait un détour et passe devant le box des accusés. Il prend le temps de fixer son adversaire dans les yeux.

Un regard de vainqueur, de libération.

« Ap'wantaqiaq[6] ! »

---

6. C'est à nouveau la paix.

Remerciements

Mes remerciements à tous ceux et celles qui m'ont aidée dans la réalisation de ce livre. Merci à Jean-Pierre Parent qui, avec grande patience, m'a initiée à la pêche à la mouche; à Pierre d'Amours, biologiste, guide de pêche et raconteur d'histoires, pour m'avoir tant appris au sujet des saumons; à Danielle E. Cyr, linguiste, qui m'a fait part de ses précieux conseils en matière de langue autochtone mi'gmaque.

À propos de l'auteure

Depuis toujours, Jocelyne Mallet-Parent court. On pourrait dire d'elle que c'est une femme pressée. Toute jeune, elle expédie ses douze années scolaires en dix ans, décroche ensuite quelques diplômes universitaires avant de gravir plusieurs échelons au plan professionnel. Pas étonnant que les sports de vitesse aient suscité son intérêt et qu'elle se soit mise à cumuler les marathons à la course à pied, au ski de fond et au vélo. « Toujours plus vite, toujours plus loin » semble être sa devise. Et comme si ce n'était pas suffisant, elle a également ment entrepris de parcourir la planète. Elle a visité plus de soixante pays et, chaque fois, elle revient, ses bagages remplis d'histoires à raconter.

D'origine acadienne, Jocelyne Mallet-Parent est née au Nouveau-Brunswick et vit au Québec depuis une trentaine d'années, mais à la frontière de sa province natale dans la Baie-des-Chaleurs.

Forte d'un baccalauréat en Éducation et d'une maîtrise en Lettres, elle enseigne d'abord au secondaire, puis elle occupe successivement les postes de directrice de polyvalente, directrice générale de commissions scolaires et sous-ministre adjointe au ministère de l'Éducation du Nouveau-Brunswick. Elle a aussi été correspondante nationale pour la Conférence des ministres de l'éducation (Confémen), un organisme de la Francophonie internationale.

Sans ralentir sa cadence, Jocelyne s'est mise, ces dernières années, à courir après les mots. Depuis 2007, elle a écrit quatre romans dont le premier, *Sous le même soleil*, lui a mérité le Prix littéraire France-Acadie.

Jocelyne Mallet-Parent est membre de l'Union des écrivains québécois, du Regroupement des écrivains de la Gaspésie et de l'Association acadienne des artistes professionnels du Nouveau-Brunswick. Elle a assisté à plusieurs salons du livre et participé à de nombreuses activités littéraires au Québec, au Nouveau-Brunswick, en Ontario et en France.

Le Silence de la Restigouche est son cinquième roman. Serait-ce parce qu'elle est lasse de courir que Jocelyne Mallet-Parent n'a pas campé l'action de ce livre quelque part à travers le monde, comme elle a l'habitude de le faire, mais plutôt ici… tout près de chez elle, entre les majestueuses rivières Restigouche et Matapédia ?

Ceux qui la connaissent bien savent que rien n'est plus faux. Le temps d'un simple répit et sa course va reprendre de plus belle. Aussi certaine que le retour des grandes bernaches au printemps.

Table des matières

14/18

Collection dirigée par Renée Joyal

BÉLANGER, Pierre-Luc. *24 heures de liberté*, 2013.

FORAND, Claude. *Ainsi parle le Saigneur* (polar), 2007.

FORAND, Claude. *On fait quoi avec le cadavre?* (nouvelles), 2009.

FORAND, Claude. *Un moine trop bavard* (polar), 2011.

LAFRAMBOISE, Michèle. *Le projet Ithuriel*, 2012.

LAROCQUE, Jean-Claude et Denis SAUVÉ. *Étienne Brûlé. Le fils de Champlain* (Tome 1), 2010.

LAROCQUE, Jean-Claude et Denis SAUVÉ. *Étienne Brûlé. Le fils des Hurons* (Tome 2), 2010.

LAROCQUE, Jean-Claude et Denis SAUVÉ. *Étienne Brûlé. Le fils sacrifié* (Tome 3), 2011.

LAROCQUE, Jean-Claude et Denis SAUVÉ. *John et le Règlement 17*, 2014.

MALLET-PARENT, Jocelyne. *Le silence de la Restigouche*, 2014.

MARCHILDON, Daniel. *La première guerre de Toronto*, 2010.

OLSEN, K.E. *Élise et Beethoven*, 2014.

PÉRIÈS, Didier. *Mystères à Natagamau. Opération Clandestino*, 2013.

ROYER, Louise. *iPod et minijupe au 18ᵉ siècle*, 2011.

ROYER, Louise. *Culotte et redingote au 21ᵉ siècle*, 2012.